To Samuel, my dear son,
you are among those who call on God's name.

黑玛亚 著

亲爱的，你要更美好

Dear, You Must Be Better

中国青年出版社

自序
PREFACE

    还记得我们在少女时看的那部电影吗——《水晶鞋与玫瑰花》。你一定不要忘记啊，热爱童话的女人都会拥有真爱的，温暖的爱情是人间的童话。看看这些美好的男人，他们就是童话里的王子啊。你一定能拥有这样的爱人的，他会出现的。

    你要美好。当现实就像灰姑娘的后母一样残忍，你，要美好。当你爱过的人，像灰姑娘的姐姐一样无情，你，还是要美好！你要坚信，美好是一种坚强的品格，它，不准许被摧毁，不准许被扭曲。灰姑娘在困苦的生活中对人、对事都能善良，你要像她，要为那个真正有力量深爱你的男人保持你的美好，你要更美好！美好才会使你们更加靠近。他，正向你走来。

    你还要坚强。如果受伤，就让那个伤害走开吧，就像你爱的时候那样温顺地，让他走吧。不要紧握那稀薄的感情，爱是人生的盛宴，是值得你锦衣夜行、穿过无数个痛楚和孤独的夜晚去赶赴的一场不散的宴席。不要责怪他人，他只是不习惯那么美好罢了。

白雪公主的单纯，海的女儿的崇高，拇指姑娘的善良，这所有的美好，都为了成就她们自己。

你还记得那个结尾吗？《水晶鞋与玫瑰花》的结尾，灰姑娘对她的后母说："幸福使我饶恕了你。"

记住这句话，神从来都是公平的。

今天，当我重新阅读《亲爱的，你要更美好》这篇文章的时候，我的心还是禁不住颤抖。以前自己写过的文字，就不再去读了。我常常忘记自己写过的文字，但是我记得这篇文章里每一个字的心理背景。这篇文字，我只用了几分钟就写完了，因为那不是写作，是宣告，是当年的我对自己处境的一个宣告。那年春天，非常寒冷。这些话，就像一面旗子，在寒风凛冽的空中飘扬。

今天，当我重新翻阅《亲爱的，你要更美好》这本书，我清楚里面的文章都是围绕着《亲爱的，你要更美好》这篇文章的那段时期的作品，我看到自己的坚强和努力，我没有在文字中阐述任何令我难过的遭遇和经历，没有在文字中泄愤抱怨，我看到自己用文字坚持欣赏并描述世间拥有的一切美好……因为，我定意要更美好。

几分钟可以作完一个宣告，但是日子却很漫长，不容易。每一个白昼、每一个黑夜、每个人、每件事你都要独自去面对，那些文字，是我内心的支撑，我不是写给别人看的，我是写给我自己的。没想到，很多女孩都喜欢这些文字。我想大概每个人都有这么一个时期是很难过的。然而，这也是很宝贵的时期，当你安然度过，你就获得成长之后的生命了，关键就是，不要被打垮，持守生命中的美好！

不要在没有爱情时否认世界上有真爱，不要在朋友背叛你时否认人间有真情，不要在穷困时仇恨富有，不要在失败时看轻自己，不要在疾病时灰心停滞，不要在青春不再时放弃梦想……美好，是在一切都有缺失的情境下坚持盼望、继续善良、不吝给予、仍旧浪漫……

在很灰暗的一个雨夜，我记得自己曾哭着对 Abraham 说："我讨厌这一切，我实在是厌倦，我不想再写了……"Abraham 对我说了很多话，我一直记得这几句："……世界绝对是由好人来推动的，你的坚持是值得的，一定帮助了很多人，你只是不知道而已……""不会不会不会，没有人需要我帮助，世界也不需要我写这些只有自己明白的东西……"那天的我，多么沮丧，多么心痛……

五年之后，我在一个时尚 Party 里遇见一位美丽的女孩 Christina，她告诉我她在北京念大学时，曾经有一段很难的日子，因为朋友向她推荐了我的书，使她从那些难关中走了出来……Christina 很感动地要和我合影，但是她却不知道她的见证给了我一个回应，也深深地打动了我。我迫不及待地要回家告诉 Abraham，要感谢他，在那个最黑暗的时刻他的话真的被印证了，如今我们很幸福。

坚持美好，是值得的；坚持美好，也需要同行者，我想我就是其中一位愿意与你一起坚持美好的同行者。

今天，我想要为《亲爱的，你要更美好》这篇文章加上一句：不要等到幸福了才去饶恕，要在还不幸福时就饶恕，因为，这会让幸福更快到来！亲爱的，你一定能够更美好！

目录
Contents

时尚
美人症患者
Fashion | Sufferer from Beauty

两性
就跟童话一模一样
Amphoterism | Same as Fairy Tales

娱乐圈
魔镜、魔镜告诉我
Entertainment ｜ Mirror, Mirror, Tell Me

美好女人
她的红唇是天堂的入口
Good Woman | *Her Lip Is the Entrance of Heaven*

时尚

美人症患者

FASHION
SUFFERER FROM BEAUTY

灰色的秘密
SECRET OF GREY

　　她的华贵，深居简出，这低调的华贵，甚至多次与你擦肩而过，因为她是如此安静；但这正是她的奢华，只有她能够从容地面对忽略，挥霍自己的秘密。当美丽因喧嚣和炫目而疲惫时，她仍旧是一脸宠辱不惊的浅笑，她从来就不想做所向披靡的胜利者，她只是羞涩地做着自己华美的梦。

　　在压抑的时代，在歌德的悲剧里，忧虑、困窘、忧伤、放弃都常用灰色来表达，那拜访不愿死去的老浮士德的四个女人就被歌德称为"灰色女人"。时代更迭带来灰色的转义，歌德曾提出所有的色彩均出自灰色的理论，他的理论是否对德国时尚产生过巨大影响？至少直到今日，没有哪个国家像德国这样如此深刻地迷恋灰暗的色彩，灰暗就是精致，灰暗就是富有品位，这已经成为德国时尚的公式。也许，灰色最能满足德国人对体面和严谨的推崇吧，灰色是他们眼中昂贵的朋友。

　　像德国人那样爱灰色是沉重的，如果把灰色定义得这样的明确，反而将它局限性地带回到古典主义里。品位，是永远让你感到意外的种种可能，既非精心装裱的现象也非滴水不漏的策划。假如要给灰色一个具有品位的定义，就是要学会忘记它已有的定义。灰色，是深不见底的一个秘密。

　　谦虚虽然是灰色不争的天性，但是灰色也能变得冷峻和锐利，我们都看过砖灰和牡蛎灰的西服和套装，在无懈可击的谈判桌上，灰色就是寒光闪闪的冷兵器，没有性别的魄力和心思缜密的冰冷与完美。

　　抓住灰色退避的一面就能抓住它的柔软，还有谁能比灰色的柔软更诚挚？即使是洁白的丝缎也还有让人无法亲近的洁癖，而当灰色展现它柔软的时刻，你才知道什么是似水的柔情，因为它比白色更加包容。看那纤弱的背影，那纷飞的裙裾，

都因为是蒙蒙的烟灰色而给予你真实却又奇幻的遐想，这是只有灰色才能油然而生的气场——它的性感是自在的，从不对照魔镜自怜，也无需关注和掌声，灰色有自己的秘密王国。

　　灰色永远有自己的潜台词——"谢谢，请不要关注我。"灰色是喜欢独处的颜色，尽管能与之搭配的色彩无数。又因为内敛，所以可以把某些姿态做到极致却没有高调的感觉，就像女中音，不论多陡峭的坡度，都能让人感到雍容，真正的仪态万方是绝无招摇之势的，所以，灰色的高音绝不会刺耳……正如那些用灰色剪裁的层次和缝制的褶皱，虽然繁花似的，却不会带来累赘和烦琐。色彩就如人生，在此处太淡，就可能在别处浓烈。这也是灰色卓然的内涵决定的能量。还有哪种颜色能够负担得起如此惊涛骇浪的荷叶边和抽摺呢？只有灰，举重若轻，能够应付所有的华丽和考究，在悠然自得的独处里，享受它华美的秘密。

不老的黑色
AGELESS BLACK

　　黑色是雌雄同体的尤物，你可以说它是美人，也可以说它是绅士，不过难以忘怀的黑色惊艳都是由女性来完成。女人天生就亦刚亦柔，正如黑色，具备永不肯老去的天赋和资格。葛丽泰·嘉宝的黑色是她隐居生涯的一部分；奥黛丽·赫本的黑色是简约、有仙气的精灵黑色；德国的玛莲娜·迪特里茜在 1930 年的无声电影《摩洛哥》中以一套黑色男式正装演绎了开天辟地的独特风情，结果令观众再也不能满足于她穿着正常女性服饰的模样。创

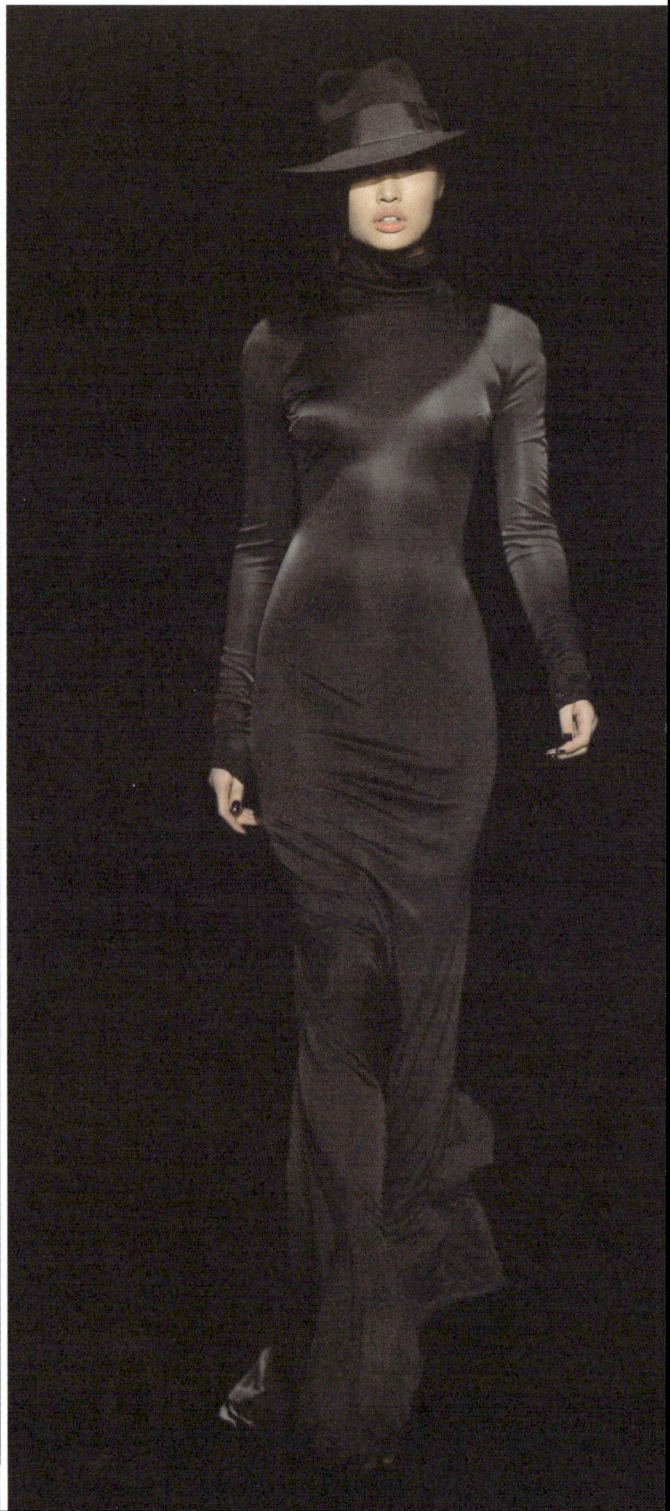

造了"黑色即是永恒的诱惑"这一信念的丽塔·海华斯，在1946年演出了黑色电影风格的经典之作《吉尔达》，用黑色塑造了女神般的性感形象。看看 T 台上的黑色，你会发现有太多它们的倩影闪烁其中，光滑的丝缎、修长的轮廓、果敢的帅气，还有那神圣的性感……黑色从来就不是 T 台上无足轻重的友情客串，它从来就是永不谢幕的主角。

网络里超酷的少年郎说："世界上最土的事情就是穿一身的黑色。"是的，但那一定是以最浅薄的方式理解出来的黑色，结果沦落为少年们的话柄。因为他们还没有看到黑色是如何将古老的哥特演绎得神秘不俗、冷艳逼人。当少年们都沉沉老去之后，他们还会记得黑色的哥特曾那样令人倾倒、动心。黑色，是来自灵魂的浓墨重彩，是叩响心灵深处的沉默。

黑莓黑、鱼子黑、午夜黑、缟玛瑙黑、葡萄黑、天鹅绒黑、巴黎黑……虽然黑色有许多负面的解析，但是它也有如此多的浪漫诗意。在理论上它不是一种颜色，但是在时尚界，它已经成为最独立、最无法替代的色彩。它是所有设计师的必经之路，也是所有精于衣道的人最常选用的颜色。对于男士，黑色更是盛装的用色，那黑得优雅的燕尾服……当我们重提"哥特"时，可能已经忘记了在中世纪黑色是属于贫困的，只有贵族才被准许穿彩色，而如今黑色则用来代表昂贵，黑色的名车永远都比彩色的车身要显得高贵。这是一个最为深刻的变迁，人们终于懂得放弃才是一种真正的优雅，当所有的华彩被放弃时，黑色的光辉无声地弥补了一切。

看这一场浪漫的春雪
LOOK AT THE ROMANTIC LAMB-BLASTS

春天一到，看热闹的人就会说粉红粉绿的粉色系天下又来了，这是成衣市场难免的做法和说法。而白色，它以完美的冰冷，为我们飘下一场浪漫的春雪。

从来没有从舞台上退出过的白色，拥有永不让人枯竭的灵感，永远神秘地吸引着你加以注释。而它，只需沉默，就足以令你的注释变得妙不可言。

白色是色彩里的神，是完美的初始和终端。它清洁而又无辜，简单明确得犹如真理。在西方，越是位居社会顶层的男性服装越是保守，不受流行影响地只穿白色衬衣。在美国和英国，白领是一种身份的象征，要知道，在过去的年代里，保持衬衣的洁白即是一种奢侈。

希腊风格的兴起也是白衬衣成为春日主角的原因。想想古希腊时期的经典画面——全身白色的希腊人，一边探讨着哲学一边在白色的大理石圆柱间徜徉，在那样闪着智慧之光的

场景里，还有什么颜色能比白色更加贴切呢？每个希腊人仿佛都在等待着神的启示，神的启示也只会降临在纯洁的心灵。于是，希腊人的衣着是白色的，唯一的装饰就是衣服里的褶皱；希腊人的建筑也是白色的，唯一的装饰是浮雕……

几乎所有的偶像级时尚名人都是穿白衬衣的高手，懂得穿着白色，是一个真正的摩登者终身的课题。在漫天的春雪里，选择白色吧，做一个春天的新娘。

清少纳言的紫色
SEISHONAGON'S UNDERSTANDING OF PURPLE

　　紫色高高在上地独美着，有无法掩饰的帝王之气，使得红色在它面前都显得安静起来。

　　日本的文字，我只喜欢清少纳言的。她的文字正如她的所喜，是紫色的。非常清洁透明的简单文字，没有经过压抑和隐晦的处理，但是却绝不容易亲近。清少纳言的文字气质就是紫色的气质，有种高高在上的独美，无法掩饰的逼人贵气。

　　清少纳言说："凡是紫色的东西，都很漂亮，无论花或是丝的，或是纸的。"这份任性的偏爱，也是最适合紫色。对于紫色，很少有人能持淡漠的态度，它不是一个喧闹的色彩，却有种沉静的帝王气，令人无法忽视。只要看看它与红色相处的局面，就能发现它比红色轩昂的原因。紫色，有股朝内吸纳的沉郁，像极了可以永远沉默下去的秘密，那种帝王的缄默和忧郁，以及能使得红色也不得不安静下来的华美。能够使红色安静的原因是因为它比红色更醒目，而它竟是冷色，

这就是紫色奢华的基因。

　　清少纳言是这样描写高雅的东西——"穿着淡紫色的衬衣，外面又套了白皙的罩衫的人"。清少纳言的雅致，可见一斑。她选择了白皙的罩衫，要知道她最讨厌的事物之一就是发黄的白色。

　　紫色不是一个不假思索就能穿上身的颜色，它是有些独断的，能与它相配得高雅的颜色必须保持安静和纯净。在任何季节，紫色都不会显得不时尚，但并不会成为时尚的热点。热点是属于大众的，紫色却不是。被穿得好看的紫色最容易引起他人的羡慕和嫉妒，但却很难模仿，因为紫色很挑剔，这就是为何越是纯度高的紫色，越需要有纯净和明度高的肤色相配。

　　在德国的色彩文化中，紫色是一个让他们且爱且恨的颜色。紫色是感性和理性的混合体，是热烈与放弃的奇妙统一，是一个有魔力的颜色。歌德曾经说淡紫色是"并无快乐的某种热闹"。仔细品味，歌德其实是在对紫色的醒目和忧郁作了一个准确的描述，只是夹带的文学色彩浓了一些，毕竟颜色的诞生是无意识的。

　　清少纳言说："紫色的花当中，只有杜若这种花的形状稍微有点讨厌，可是颜色是漂亮的……" 对于她的挑剔，真是激赏。一个酷爱紫色的人，必定是个对美极其敏感的人。清少纳言穿丁香紫一定是最为好看的，这个色度的紫天生就清香，天生就高雅。套用一句清少纳言的口头禅——"这真是很有意思的事"。

咖啡是咖啡色的
COFFEE IS COFFEE

　　它像色彩里的德彪西，带着巧克力的芳香和泥土的厚重与丰饶，以大地般的沉稳和安适，以《棕发女郎》的旋律展示着它低调而耐人寻味的魅力。

　　咖啡色有些慵懒，是缓缓的，不急不躁，是暗哑的混合色彩。在无表情的中性色彩里，它比灰色强烈、憨笨，比黑色要随和、退让。它像一个甘当陪衬的背景音乐，淳朴地为你开辟一个温暖的空间，让你宽容地安排其他角色。我们很少发现难于与咖啡色相处的颜色，即使是最意想不到的搭配，它也能给你撞色之后奇异的效果。它总是更能为其他的色彩提供丰富的表情。比起黑色来，效果更显得生动和进退有度，它暗沉却从不激烈，很容易与其他色彩产生依赖。咖啡色，实在是一个可亲可近的颜色。

　　咖啡色有种自愿放弃力量的气质，所以它是谦恭的，有些微的消极，这也可以看成贵族的颓废。在中世纪，它曾经

是苦行僧们的着装颜色。到了以纯色为美学典范的时期，咖啡色就成为了时尚的颜色，那时把它称为褐色，并开始变得"文化"起来。

尽管曾有名人评论东方人不适合穿着咖啡色，但实际上我们无数次地看见身边的咖啡色着装十分得体。值得注意的是，在穿着咖啡色的衣衫时要记得有个尽量白皙的妆容，要有恰当或者给人惊喜的点缀色的参与，因为咖啡色天生就不想以主角的形式出现。它是一个闲散、安静的基调，等着你在它之上奏出一个美丽的高音。

无敌的黄金腰线
MATCHLESS GOLDEN WAIST

夏季是个怒放的季节，也是爱美的人们更注重身材的时候，选择一个恰当的比例是当务之急，要知道，你的腰在哪里你的身材就在哪里。

高腰线是近年的热门，它可以拉长双腿的视觉比例，优化身材，但是在选择轮廓和节奏上要注意不能给人以孕妇衫的感觉，其关键就是用垂坠的材质，比如丝绒。款式上可选择蛋形裙或者花蕊裙，裙身不要过长，是要在膝盖上下不到两寸处游移的中裙。那些长至足踝的高腰裙款则需要特定的环境和场合穿着。

最恰到好处的高腰线就是带出高贵感的同时还有一些些可爱。上身的搭配可以选择收身的优质衬衣、针织衫，要有简单的华丽感，以此塑造出最完美的 A 形 LOOK。

黑色是时装界最经典的色彩，因为从不退出舞台，也可以说是中庸的选择，谁让它不会出错呢。黑色要懂得选择有通透效果的来穿，长度也是中庸的，齐膝。腰线可以放在基本位置，让态度变成老练沉着的，有一种属于时尚的世故，无可挑剔的世故，但要注意配饰和细节的精彩，避免老气。腰带、项链、蕾丝、艳丽的高跟鞋、润泽的口红、年轻的裸妆和香氛……都是打破闷局的点睛之笔。黑色的端庄和冷酷，与黑色的退让和不争几乎可以成为所有人给自己的选择，但要加入巧思，每个人应该学会找到属于自己的黑色。

练达简约的 H 形 LOOK，几乎是好莱坞电影里白领女郎的最佳成功形象。永远都走在时髦的队伍里，却有稳重的现代感。一双舒服的高跟鞋，超长的直筒裤，非常自然地拉长了下身的比例，这也是穿着频率最高的通勤款式。如果你有美丽的腰肢、单薄的腹和紧致的臀部，就可以更大胆些，选择稍微低腰的长直筒裤款，绝不可过低，因为低腰是最难穿着的款式。但它却可以给人一些另类的年轻观感。裤子不要选择紧身的效果，飘逸的剪裁会更显出你的修长和轻盈，高雅的穿着重点就是留有余地，这是永远不变的硬道理。

近年最热门的连身裙款式当数衬衣式和开襟风衣式。重点都在腰线要准确，不温不火的最好，把身材分割得十分曼妙和女人味十足。风格是端丽的，却也有雅致的个性隐藏其中。

谁动了男人的衬衣
WHO TOUCHED MEN'S SHIRTS

当温暖的记忆还停留在 Paul Smith 刚刚过去的阿尔盖菱形针织上衣和条纹的短身斗篷上时，他已经带着清凉的春夏装来到了中国。

真正的风格都能让人着迷，你一点也不会奇怪，对于 Paul Smith 带来的一切，熟悉他的人都能闻到那英式的冷幽默，不熟悉他的人会被他稳健别致的表现力所折服。可爱的 Paul Smith 先生，一点也不急于表现，设计气质仍旧是那么谦恭，耐得住虚荣，夹杂着他一直留恋艳羡的乡村绅士风范和制服气息。更难得的是 Paul Smith 先生的设计依然年轻，仍旧有力。对于现代摩登与典雅传统，他的拿捏是那么令人心服口服。其实，他让你看到的只不过是衬衣、衬衣、衬衣……他只不过给女人穿了件衬衣，就足以为春天热闹的时尚舞台带来醒目的反差。陡然间，你发觉，自己竟然可以如此利落地表达一种美丽，它代表的是随意却自信，简单却有力，是

随和的融入却能够果敢的鲜明……让我们来穿一件衬衣，像男士那样穿一件衬衣。

Paul Smith 非常精于对传统英式的裁剪加以延续，又以"扭曲经典设计"的手法闻名，而在此同时，他还总是能够将"知性"注入自己的设计里。他在女装中加入男装的剪裁特性，至今都吸引年轻激进的时尚界。尽管 Paul Smith 因此成功获得了英国女王册封的爵士头衔，他却低调地说："没有比只做了几件衣服就把自己叫做设计师'更难堪'的了。我从事设计一职原本就是想让自己穿得更好。因此良好的做工、优异的品质、简单的裁剪、有趣的面料、极佳的可穿性——这些都是我追求的目标。"也许因为少年 Paul Smith 的真正梦想是成为一名自行车手吧，这使他始终能够保持一种轻松又有活力的心态。

也许你曾经希望自己是一个优美的舞者，能在一束强光下身穿白纱天鹅般地起舞，但真实的生命却让你穿着白衬衣穿梭在无音乐的拥挤舞台。其实，职业女性越来越讲究的是力量感，是直接、明快的坚强和淡定。要知道，你来到职场，是来奉献你的智慧，以及你的智慧所决定的美丽。

妩媚战深秋
CHARM IN AUTUMN

军旅味造型流行的必然性是因为它有许多现代女性崇尚的元素——它的硬朗里有一股自信，而它的淡漠又能凸显都市女郎的冷艳，它的刚强带来的中性意味则令混搭精神得以提升……试想，有什么面料的质感比军旅装更能反衬雪纺的通透和皮草的矜贵呢？而它，就在这一切奢华妩媚中安然地粗糙着，这几年担纲过的主角就算它酷了。

如今我们把一切改良后的军装都称为军装了。它们大致都以卡其面料为主，以咸菜绿、灰绿、麻黄居多，肩章、口袋、金属扣、立领、船形帽……是它们的标志，要知道世界上虽然有过无数支军队，有些细节却一直是通用的。

添置一件军装，是让你在深秋的争艳中迅速突围的绝招。它几乎可以令你在各种场合中显示出不同的妩媚。战略如下：

让军装遇上优雅的中裙，质地要柔软、轻薄，但一定有层叠感，膝下一寸长度，让这种极有分寸感的长度搭配军装的野战感觉是最能体现你内心的温柔的，要点是披开的军装里配以抹胸款式的紧身针织衫最佳。

让皮草质感的拎包来点缀军装，因为皮草是减弱军装的暗沉和朴素感的秘密武器，它将急速提升你的女人味。

当军装与靴子相遇时，为避免帅气有余，可以加上碎花衬衣、缀有蕾丝裙边的短裙或者彩色丝袜等元素改变中性观感。要切记的是不要让这些元素同时上阵，择其一足矣。

如果你选择的是军裤或者军装感的铅笔裙，那么你需要的就是绝对女性化的上装。

要知道，军装变得如此迷人的原因是因为它可以带来更加女性化的新妩媚主义。穿它，你的美丽将在深秋战无不胜。

田字格的暖冬
WARM WINTER IN MATTS

在《理智与情感》里，妹妹玛丽安为一见倾心的维乐比先生画剪影时，英伦风情中最古老的田字格就在那里出现过。简单的田字格显得那样聪慧，你看了会心中豁然一亮地叹服——哦，原来，精妙的剪影是这样来的⋯⋯维乐比站在被框住的一张绘有田字格的薄纸与蜡烛之间，他的侧面被准确地投影于田字格的纸上，热烈天真的玛丽安则在另一张田字格的纸上绘着心上人的剪影。

英国已经有 2500 种格子被注册，在"格子注册中心"里，我猜想着田字格的排行位置，这由来已久的格子充满了纯正、传统的气息，是以普通的横竖交错带来的图案。在容易令人眼花的图案里，它稳定、温暖、质朴。而只要稍稍转变一下角度，制造些许褶皱，田字格的四平八稳就变成了可爱的单纯，一个好的旋律在变奏之后进行着活泼的重复。

在南方总也冷不下来的冬季，只要你懂得将田字格穿在身上，你就能穿出寒天里温情脉脉的韵味，它充满了田园的淳厚和老都市的端正，在陈旧的色彩里散发着值得推敲的稳重和深厚底蕴。2006 年，Bottega Veneto 的设计师 Thomas Maier 相当成功地为秋冬形象定位了低调的高雅，其中，最令人瞩目的就是田字格套装系列的出场。他以抓褶为细节，很朴实地展示了田字格的天性和优美，配以小小的狩猎帽，精彩地增添了往昔的淑女格调，带着一种"老牌子"的风范，与 Burberry 的格子游戏相比，丝毫也不逊色。在套装里，他毫不回避格子的过于整齐，大胆地拼接出胸襟前分毫不差的对称，而英国人的严肃精致也同时跃然而出。聪明，聪明的人做简单的事。

格子的奇妙是，不论它如何叛逆，都让你感觉它总是有个好的出身。你看 Vivienne Westwood，她从不曾"正经"对待过格子，可是就算你不认识她的名气，你要是误进了她的旗舰店，你也能在进门的瞬间闻出"英国味"来。不论她怎么肢解格子，也能让你清楚地看到她做的都是英国人做的事，而且相当地道。追求自由却不推崇开放，所有的疯狂都自有规矩。世间，再不会有比格子更适合英国人的图案了。

只要你发现竟然有设计师敢成套地做格子游戏，比如 Thomas Maier，比如 Paul Smith，你就完全可以放心地选择格子为当季必备品。不过，要穿格子，短而轻盈的款式，是近年最聪明的选择。在暖冬里，像毛毯一样铺天盖地的长裙已经不合时宜。而颜色，是越旧越好。午夜蓝、枯草绿、深深浅浅的灰褐……在深秋的大自然里，信手挑选的颜色都将是上乘之选。红色格子虽然醒目而又闻名，但是它远远不如"陈旧"的格子备受推崇，正如《理智与情感》里玛丽安的姐姐，她远不如妹妹那么标致明快，但是她的沉潜、谦让却总是让远道而来的客人想要结识她，因为她才真正地"备受推崇"。

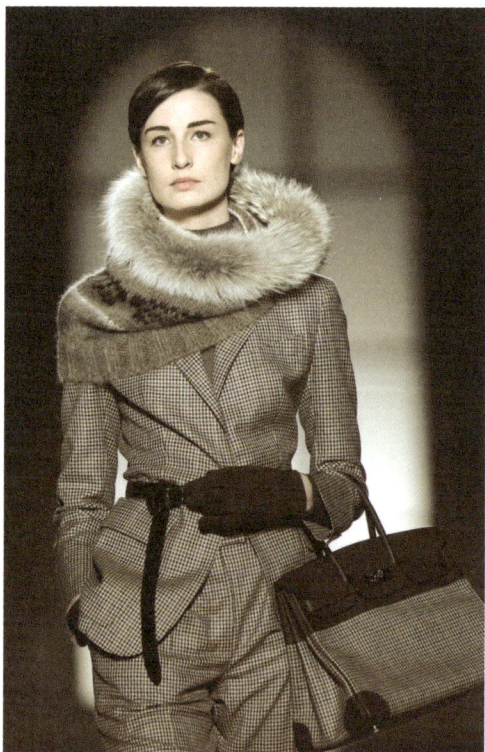

换季加减法
ADDITION AND SUBTRACTION

　　换季，令人欣喜的就是可以带来新鲜感。太阳不会平白无故地每天不同，站在穿衣镜前，做一道简单的加减法，阳光就能格外明媚，"太阳每天都是新的"。

　　换季时的穿着很容易造成别致的感觉，因为尺度是可退可进的，而风格上也可攻可守。其中既有当季的新品，也有过季的精华，就看你的眼光来挑选了。最先穿短裙和凉鞋的，显然忽略了这种季节过渡期无限的可塑性，全身上下都换新衣，也有些用力过猛。对于职场女性，自我形象的一贯特征最好是稳定的，稳定的风格才有实力派的观感，职场上的百变女郎，想给人敬业的专业感觉还是比较困难的。这就是为何有许多顶尖级的职场女性都喜欢塑造自己的招牌形象的原因。

　　在职场，自然不可能人人拔尖，但是自己的形象却可以做到令人心悦诚服，或者无可挑剔。在讲究美感经济的时代，花些巧思来穿衣服是很值得的，最到位的装束至少会迎来第一道欣赏的目光。

减法

把厚重的保暖外套脱掉，将温暖的毛衣收起来，还有镶有皮草的长靴子和五彩的围巾都藏到抽屉里……突然间，身轻如燕。但是柔软的中筒靴、帅气的灯芯绒裤、卡其布的帽子、薄薄的开司米开衫毛衣，先别忙着收拾，它们还可以跟春天的新衣一起跳一曲暧昧的探戈。

加法

换一个通勤的新拎包，添一根醒目的腰带，戴一顶俏皮的帽子，系一条最流行颜色的细长颈巾，还有条纹或者洁白的衬衣、帅气的马甲等等，这些简单的加法已经足够把新一季的气象带出来了。

在新购置的衬衣上加上腰部点缀饰物，给人的感觉是你对周遭事物的反应有极高的灵敏度。所以，衬衣可以是百穿不厌的长款，腰带则应该是最新潮的。充分表明你对事物的判断有足够的把握。单穿衬衣，在温度和观感上都有几分单薄，如果配以马甲或丝巾就能不同凡响又恰到好处。

办公室减压穿着法

对于办公室的白领来说，穿着得体是最基本的要求，但是加入休闲元素的减压装却是最新的办公室潮流。通过它可以在心理和视觉上尽力降低压力。比如，将中性的衬衣改为印花半透明的雪纺衬衣，在小西装里用有旅游气质的T恤来打底，把中规中矩的A裙变成五分裤，在卡其布的裙子上配鲜艳的小可爱……西裤退居二线，牛仔味道的宽皮带和五分裤成为干练新形象。点缀色可以极其大胆，仿佛是办公室的风景宣言，这种姿态就是把工作当成度假的姿态。

跟水手有约
DATE WITH SAILOR

到底，有过多少岁月和生活彻底地远离了，我们其实无法真正了解。只有当它们在回忆中的某一刻与我们再次邂逅时，才能有所重温。你也许看到了以往的图案和轮廓，但是设计师们灵感的来源却是永远告别了的生活片段，正是那些场景令他们发出了呼唤，呼唤记忆中点滴的温情，以及无限的惆怅。

在幕起幕落间，条纹是所有经典图案中永不会退场的角色，只是你不知道它会在哪一刻出场而已，它是时尚深爱过的情人，在幽深的夜里曾经给过我们铭心刻骨的时刻。还记得1988 年奥斯卡的红地毯么，当奥黛丽·赫本出现时，条纹也在那一刻变得不朽……赫本身着条纹和圆点组合而成的礼服，以类似印度纱丽的形式披挂在瘦削的肩上，最简单的黑白两色，最明了的间隔，黑色盘发，素面，粲然的笑脸……唯有最丰富的人、最能给予想象力的人才能承载如此简单的图案，并成为经典。有哲学家说："人类最可爱的品质应该是丰富的单纯。"奥黛丽·赫本就是具有这种品质的人，而条纹就是具有这种品质的图案了吧。相信，在那条举世闻名的红地毯上，也只有她可以做到与条纹合二为一。

当然，我们也不会忘记 Jean Paul Gaultier 把条纹用到他大肆颠覆的概念里，但即使是在他最令时尚界哗然的叛逆设计里，条纹也还是经得起考究，不论你说它循环再造还是说它混搭不羁，它都十分地镇定。比如 Jean Paul Gaultier 的吉卜赛长裙，那是深藏在条纹里面的海洋的灵魂给他的力量。还有什么是它没有见过的，如果条纹的灵魂是海洋的灵魂，它要经历过多少惊涛骇浪、多少日出日落后才有今天这甘于平淡的间隔啊。

你可以说条纹是规矩的，因为它的确规矩，整齐、排列，但那是一种教养感的规矩，是一种不拘束的好习惯。你也可以说条纹野性，因为它也能显得明确、跳跃，有种佻，有一股轻微的放纵感觉，但却是在自律之内可以控制的放纵。条纹的美妙就是在中规中矩里有让你意想不到的晕眩，如同海风吹来，在清新之中还有生机勃勃的腥味。啊，你还可以说条纹是羞怯的，当它那么那么细幼时；但一转眼，它可以十分强烈，闪电般明亮，利索大方。

条纹的回归提醒我们对清爽感觉和教养感觉的主题进行强调，是淑女们可以大肆运用的点缀，因为它规范，还因为它有深藏不露的丰富斑斓。

你有多"酷"，就有多牛
HOW COOL ARE YOU

牛仔裤，曾经因为前卫、嬉皮、大众化而不能登大雅之堂，而如今，它是时尚者用来千搭百配的经典元素，也是一个塑造国际化形象的不争之选，更是凸显年轻与活力的标志。多少明星、超模都坦言自己的衣柜里最多的就是牛仔裤……我们看到只要你有巧思，牛仔裤就会成为各种风格的最佳配角，把你的形象打点得个性而又妥帖。在温暖的冬日，你只需要适当增加几件新鲜的单品，就可以跟牛仔裤一起度过一个美丽的冬季了：

1. 紫色毛线贝雷帽和紫色毛线围巾营造着温暖的冬日风情。黑色饰兔毛的高筒靴与季节的时尚亲密呼应，小而短的牛仔裙不仅凸显了年轻的气质，还将通身的厚重感变得轻盈起来。年轻真好。

2. 荷叶边装饰牛仔上衣，十足的妩媚感觉。牛仔裤有刻意磨损之后的洒脱，所有的牛仔感却被里面那件白衬衣和脚

下的蝴蝶结高跟鞋收复得淑女起来……不简单。

3. 随意的牛仔裤在西服和衬衫的映衬下多了几分正式感。黑色的小西装、白衬衣加上七分旧的牛仔裤，看似简单其实十分国际化。在外企工作的白领可以把它当成偷懒又不出错的经典穿法。要注意的就是保持牛仔裤的干净。高跟鞋和拎包是必须强调的精致细节。

4. 针织开衫与 T 恤搭配，舒适而又自在。腿部剪裁特别的牛仔裤与黑色饰兔毛的高筒靴显得率真、潇洒。这样的打扮就像冬日可爱的阳光一样惹人喜欢。

5. 超短款皮草外套与修长的牛仔裤形成鲜明对比，展现修长身姿。白衬衣与紫色毛衣的斯文搭配冲淡了皮草跟年轻女孩之间的矛盾，那双高跟鞋更平添几分柔软女人味。

6. 在公司上班也许有暖气，这时每天的扮相可以把脱去外套之后的细节考虑进去。一条白色的宽腰带会给 T 恤和平凡的牛仔裤提升不少时尚指数。

又见维多利亚
MEET VICTORIA AGAIN

　　生性简朴的维多利亚女王，可否想到自己的名字会永存在时装史里并且不断地、以各种美丽的形式被后人提及？维多利亚女王在位的 64 年是英国历史上一个辉煌的时代，她是"英国世纪"的象征，维多利亚女王的统治曾促使英国和全世界进入一个巨变的时代。没有哪位作为帝王的女人，能够像维多利亚那样，无比出色地完成了女王的职责，同时还拥有作为女人的幸福，有一个完美的、使自己的国家也能获益的丈夫。今天，当我们提到维多利亚风格的时候，我们仍然能感觉到一种庄严、威仪和不朽的丰饶。毫无疑问，维多利亚风格是时装设计中不可或缺的永恒灵感。

　　在维多利亚风格里，我们有两位不能回避的人物，那就是查理斯·沃斯和欧仁妮皇后。前者是时装界的第一位女装设计师，他所创立的 19 世纪时尚精品店和取得的巨大成就一如今日的 D&G。正是他，革命性地降低了裙腰，加长了裙身，

并使披肩和女帽不再是必需配饰，奠定了 19 世纪后期女装的两大特点——蓬松的半截裙和腰垫，让女性身体的轮廓更为凸显。

欧仁妮皇后则是维多利亚时代的时尚领军人物，是维多利亚时代的杰奎琳·肯尼迪。欧仁妮皇后与维多利亚女王相交甚好，当她跟随自己的丈夫拿破仑三世于 1855 年造访维多利亚女王时，也是英格兰人第一次见到硬衬布衬裙，娴雅貌美的欧仁妮皇后拖着密不可数的荷叶裙褶走在维多利亚女王身边……沃斯更使得她的硬衬布衬裙所向披靡，直到她爱上前面不蓬起、不用裙衬支撑的款式，人们才跟着她把硬衬布衬裙打入冷宫。

感谢维多利亚时代，它为我们留下了美丽的皱褶、柔软的荷叶边、高贵的蕾丝、一丝不苟的衬里……但我们不必像真正的维多利亚时代女性那样，带着嗅盐、穿着随时都有可能让自己晕倒的紧身内衣，还有那一层又一层的束缚，以及用鲸骨撑起来的衬裙……现在，我们可以直接就穿上维多利亚风格的裙子，甚至可以透过镂空的蕾丝让我们的肌肤自由地呼吸。还可以让美妙的内衣若隐若现，而不必在紧身的束胸里透不过气来。我们还可以用柔粉色来表达当年的娇媚和柔弱……至于那繁复的荷叶边，我们可以像那件 Vera Wang 的墨绿色衬衣一样，将它变成轮廓而不是堆砌的细节。美好的维多利亚风格，以它取之不竭的元素，赐予我们无穷无尽的惊艳和感动。

维多利亚细节

牛津鞋：系带的短腰鞋。鞋眼最初是一对，通常为三对。因 17 世纪在英国牛津大学流行而得名。

硬衬布裙：硬衬布为马尾和麻混纺的面料，以这种面料制作的衬裙，称硬衬布裙。19 世纪中叶流行的大型衬裙就是在里面加入硬衬布。

褶边领：用压好细褶的饰边绱于领口的衣领，几乎与波浪褶领相同。波浪褶领的不同之处是有曲线的、有直线的、宽幅的、窄幅的多种，也称波纹领。

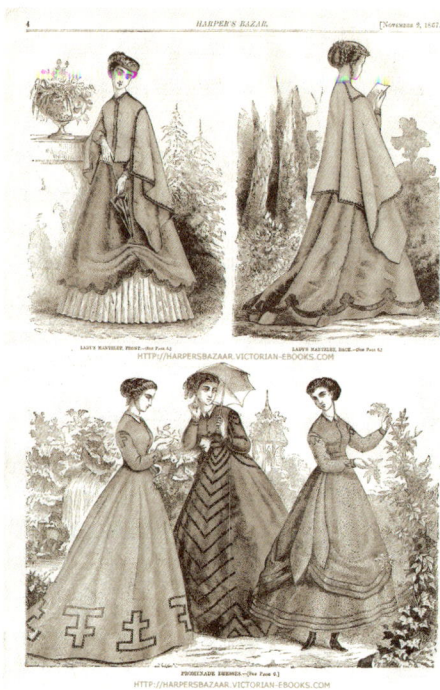

芳龄的暧昧密码
CODE OF AGE

到了某种让人觉得难以判断的年龄时，状态就成为一种关键，向上的感觉可以让你的芳龄永远暧昧下去，以神秘的力量变成不可捉摸的密码。

是否看到，当沙朗·斯通的金发再度留长之后，她年近半百的年龄就浮现了出来。因为光滑的直长发将她脸上微妙的坠落和皱纹都衬托了起来，加上那些华美的晚装，她拥有了从来没有过的妇人态，颇为可惜。几年前她那身着白衬衣、超短发型的扮相还亲密地与青春的气息结伴而行……以她天赋的智商，中性气质的率性打扮才更能守得住她不老的神话。要知道，女人味意味着成熟，对青春逼人的女性来说成熟的韵致是个美丽的加法，而对于中年女性来说就已经到了为成熟做减法的时候了。

再看茱迪·福斯特，简约的短发有些男孩般俏皮的纷乱，喜欢穿硬朗的西服，或者白T恤、牛仔裤，从不突出性感元素，

永远都以知性的职业感为主调，于是，这种干练的装束风格给了她比实际年龄要年轻许多的模样。两位同样高智商的女明星，年华依旧时还不相上下，现在却因为穿着路线的截然不同，一个呈现出颓势，另一个却仍然欣欣向荣。

掺入中性成分，打破女性化格局，有分寸地硬朗，塑造干练的洒脱形象是为芳龄做减法的最佳途径，这也是为什么短发会比长发更能使超成熟的女性显得年轻的原因。太过柔软的质地、繁复的细节设计、甜美的色彩都是干练形象的大敌。过于女性化的形象里就已经有柔软的因素存在，所以挺括些的面料会减轻这种软弱的感觉。复杂的设计是年龄的累赘，只有青涩和瘦削的女孩才承受得起精彩。

所以高质量的朴素和简单才是超龄美女应该好好享受的简约，而这份简约则被阅历给予她们的风韵衬托成不同凡响的高贵。色彩的选择在这个时候决不能恋旧，如果从前喜爱甜美和鲜活的色系，那么是时候放弃了。清雅的冷色可以冲淡女性的艳丽，无色彩的冷静搭配完全能够增加一份中性的潇洒，当你还能让人感到潇洒，又还有什么能阻挡你年轻呢。

不过，还是有一些空间来保持你从前的爱好，你喜欢的色彩和甜美可以通过小饰物、丝巾，用点缀的方式来实现。那些芳龄和相貌的反差常常让人倒抽一口冷气的女士，都是因为懂得为自己做减法，简略掉所有复杂带来的重量，剩下轻盈而有力的美丽。

老板，请你摩登些
PLEASE BE MODERNER, BOSS

　　做杂志的编辑普遍比做报纸的编辑摩登。一个杂志的定位也基本上可以从杂志老板的穿着来判断。有一次在北京与《瑞丽·时尚先锋》的主编吃饭，她很认真地解释："我感冒了，所以今天穿得比较多。"她的市场总监解释："她通常都穿低胸装，深 V 的。"后来在海南搞活动，我果真见识了她的前胸以及后背，那身打扮就足以让人对他们杂志的发行量深信不疑，尽管也有中年发福的种种迹象，但气势上是青春逼人的，时尚给了她魔力。更绝的是她的手下无一不是如此，其中一个是披薄纱、穿比基尼跟各地媒体一起吃饭的。20 米外是蓝天绿海，近在眼前的是活色生香，个个从容不迫，这样的阵容做不出好杂志才怪。

　　一个老板的穿着其实直接影响到员工的审美取向。时尚圈内传诵着关于《周末画报》的老板邵忠先生进办公室之前的画面——只要你看见他编辑部里的女编辑纷纷掏出镜子抹口红，那就表示邵忠先生要来了。《VOGUE》杂志的编辑更正说不是去抹口红而是去换吊带衫……所以，你看到的结果就是《周末画报》从 3 元卖到了 5 元，成为最贵的周报，越做越厚，还有空间再涨价。

什么样的人办什么样的报，每个时尚盛典你都会看见那个鲜亮的邵忠，他从没穿过重复的礼服出镜，喜用撞色，细节辉煌，算是技高胆大。他的打扮，已经足够吸引奢侈品牌的广告，那些高档的广告不给他还能给谁？原来曾有一女同事跟深圳中信广场的广告跟了半年，最后被《周末画报》不费吹灰之力夺走。我对失败的同事说："你看你的毛衣，起了一身的毛球，还穿，不败下阵来才怪。"《VOGUE》一到上海，就挖走邵忠在上海的两员广告大将，听说他十分不悦。一百多年的《VOGUE》，什么都要拔尖的，所以说强将手下无弱兵。

我去《周末画报》编辑部，看我那年过三十的女友，她正穿着一条超短裙，在飘着咖啡香的编辑部蝴蝶一样飞来飞去。当她要我去见他们的邵忠老板时，我毫不犹豫地拒绝了，因为那天穿了一身的卡其布，皱皱的，口红像泥巴一样没有光彩，我可不能给深圳媒体丢脸，什么时候穿了那双丝绒的高跟鞋再说吧。

每当我的女友想要离开《周末画报》时，我就提醒她，你要是去别的地方工作会老得比在这里快，有谁能让你每天打扮得这样美好地出门？还有，他们的咖啡免费。我不喝咖啡，但我喜欢空气中有咖啡香，享受非物质福利。我欣赏邵忠这样的老板，他能激发人对美丽的上进心。尽管说起他时我们常要喷饭，但心情却是愉悦的，他以一种对时尚的使命感打扮了自己也打扮了时尚界。

记得毕业实习时遇见的那个女主编，名牌大学毕业，整天苦黄着一张脸，穿小镇裁缝做出来的套装。如果你是爱美丽的人，最好对这类老板敬而远之，她永远都不会喜欢你，因为你让她不好受，除非你愿意变得跟她一样，否则她一定要把你整得蓬头垢面才甘心。

我的经验是，找一个时尚些的老板，日子总是会好过些，他给你的影响对你不会有坏处，至少，你要找一个不排斥时尚的。想想，一个舍不得花钱买衣服的老板，哪能把省下的钱给你去时尚。

每一天，最值得让我动脑筋的事就是今天穿什么去上班，站在镜子前，只要我假想自己会不小心在电梯里遇见一个气息芬芳的阳光男士，我就会充满柔情地打扮一番。

多穿一件才性感
ONE MORE CLOTHES, MORE SEXY

　　几年前的夏天，有次排版，校对拿着我的文章来问："这个'抹胸'是不是写错了？有这个词语么？"深呼吸一下，告诉他，字典里可能没有"抹胸"，但是唐朝就已经有此物件了。困难的是，我要如何跟他说明那曼妙的物件呢？因为我的用词和表情就像在解释一双白球鞋。校对都有些认死理的，又是个异性。看着校对那张忠厚无比的脸，我艰难而又严肃地讲解："抹胸就是夏天时女性使用的与小背心类似的、却没有肩带的'小可爱'，'小可爱'是指吊带小背心，不过抹胸是没有肩带的吊带小背心。"校对将信将疑，但终于还是拿着我的版走了。我估计最后那句话起了作用："抹胸是现在每个女生都会有的时尚之物。""时尚"是我在无可奈何时拿出来应付校对的词，他无处可查，最终只能轻信于我。

　　要想在夏天营造穿衣的层次感，怎能没有几件抹胸？抹胸跟小可爱不一样，要更有韵致些，是简洁而利落的。抹胸没有年龄，不分长幼，只要穿在身上，立即有都市气息。特别喜欢在素净的抹胸外面穿质地飘逸的外衣，或长，或松，煞是冷艳。它的性感现代感十足但又不张扬，外面甚至还可以搭配表情肃穆的春夏西装，别有一番落差。当然，这样的穿法通常是指长度齐腰的抹胸。像舒淇那样穿抹胸的话，就只有一件文胸的宽度，真的只是胸前那么一抹，名副其实。舒淇的穿法是，一件黑色超短抹胸，外穿海蓝色雪纺质地的松身拉链夹克，脸上只化淡妆，性感并且潇洒。她是火相星座，有天生的洒脱基因，没了那点洒脱，她的抹胸也就性感得刻意了。除了黑色，白色也是抹胸的百搭色，但是别要墙白色，沙白色最好。

抹胸的真谛就是欲盖弥彰。它虽然是穿在里面，但却是为了更漂亮地表达。在内衣上面加盖一层，仿如警言妙句之下的着重符号。抹胸的长度分为超短、中长、长三种。其中中长的最难穿，它的长度刚好在胃部，那个地方的粗细其实很是关键。腰肢纤细的感觉是从胃部开始的。只有葫芦才有突然纤细的腰。婀娜多姿是胸以下一路小下去的姿态，非此腰身切莫穿中长的抹胸。长抹胸也不会长到哪里，齐腰长，很中庸，也很好用，不必担心走光什么的。

抹胸的另一个要点就是稳定性，要记得选择有两厘米宽度的、镶入式松紧带结构的前胸设计。太窄会有不适感或者容易反卷，而那种绑带式的千万不要尝试，否则你得每隔一段时间就绑一次，每次不把自己勒痛你就不能放心。最后，抹胸外面不要再穿紧身的外衣，一定要宽松和通透，这是穿着的节奏。

你的生活需要混搭
YOUR LIFE NEED MIX & MATCH

　　我从来不穿的就是套装。叫我厌倦的还有一身黑。我相信一个人的打扮是能够体现他的巧思和灵气的。这可以说是以貌取人，但是并非势利，因为我通常会根据一个人身上最便宜的那样东西来判断他的品位。这也是我欣赏 mix & match 的原因。多少大师，就是穿着小店淘来的 T 恤或者衬衫到天桥上来接受掌声的。阿玛尼时装做得最淑女时也是穿圆领恤衫上台致意，你不能不说这就是一种混搭的精神。思量一下阿玛尼在新作品展示之前说的那段话，他承认时装发展到今日已经没有什么太多新意可玩，所以学会重新搭配是一个关键。于是你看到了阿玛尼的花呢上装下竟是短灯笼裤。

　　混搭的意思有多种，mix & match，不同风格、不同质地、不同定位、不同阶级、不同国籍的混搭，它源自穿着，但是现在已经被广泛使用。就像表弟的 MSN 名字："拿英国学历，打比利时工，吃美国汉堡，一颗中国心。"

　　知道为什么《X档案》如此有看头么？就是女主角吉莲·安德逊身上的行政套装，而她原本是个性感明星。这就是气质和服饰的混搭，一个猎男高手以严谨的面貌出场，给予人的想象空间绝对超过一套泳装。巩俐真的应该由此得到些许启示，提高自己穿着中知性的一面，不必用低胸或者旗袍强调曲线，她以往的穿着中就数牛仔裤配白衬衣最为美丽了。所以我常常建议留短发有中性气质的女人穿柔软的面料和不规则剪裁的衣裳，气质与服饰风格的矛盾混搭是最耐人寻味的。

　　没有混搭的领域，已经越来越少。陈美的小提琴，谭盾的交响乐，都是混搭的。混搭在设计界的沿用更到了需要节制的地步，比如古典的巴洛克家私里出现的蜡染布椅垫、不锈钢桌面……也许纯粹已经被视为一种令人疲惫的追求，而高明的混搭，不仅体现智慧，同样可被称为一种纯粹的风格。至少，混搭是件饶有趣味的事，因为它不会给你任何压力，你大可不必为了一双名牌靴子再去买名牌的裙子、名牌的衬衣。你可以穿35元一条的破牛仔裤，可以借穿男朋友的毛衣，你将以佻傄的形象显得奢华，因为你的靴子虽然贵重却被你用最轻视的态度作了安排。要知道，在穿着中，姿态是最重要的。

　　姿态便是你对你拥有的物质的态度了。一女友，非常痛恨别人视她为富婆，不开心的原因，就是她的品位气质受到了质疑。可是她整身穿着每件都很贵，包包也是显著的名牌，给人的感觉自然不如那些来历不明的混搭产品神秘了。我把她的旧衬衣翻出来，跟皮衣搭到一起，再挑一条夏天的布裙，她顿时显得"穷"了一些，同时也年轻了几岁。香奈儿怎么说的——富贵使人苍老。要记住哦。

美人症患者
SUFFERER FROM BEAUTY

　　有一种美，就像隐士，在人群中自甘沉没，然而，却总有那么一天他们会必然地浮出时间的水面，因为他们的存在仿佛就是为了给人以启示，让你懂得什么是无尽的时间无法埋没的永恒。

　　那时在读中学，学校里相传有个女生得了一种叫做"美人症"的病。听说她将因为越来越美而在 28 岁那年死去，完全就是因为太美丽而死去。

　　我从来没有听说过世上竟有这样的病，对年轻得过分的中学生来说，28 岁遥不可及，而那病症又实在唯美浪漫得出奇，实在没有什么可悲哀的。学校里除了学习标兵以外所有女生都希望能够在 28 岁死去，都希望患有这种不治之症吧。

　　其实，那个得了"美人症"的女生，不论用过去还是现在的眼光，都很难形容她的美丽，或者她是否美丽。但是她周身带着的氛围就是会吸引所有人的目光。大家很难看到她，

偶尔看到，周遭都会安静，低年级的女生会窃窃私语："就是她，就是她。"她的眼睛总是看着遥远的地方，仿佛没有见过她笑，没有听见过她说话，身边也没有女伴，不做课间操，当然，她身患重症，这也说得过去。她实在没什么突出的优点，可就是她，让人懂得：美，令人肃然起敬。她穿过一件孔雀蓝的丝质衬衣，那种蓝实在是不适合少女，华贵而忧郁，但是却很诡异地适合她。以后只要有人提及她，我脑海里就是一片孔雀蓝。

她从不出席校友会，就像真的已经在 28 岁那年死去了一样，同学们偶尔提到她，都会将一些传闻编得越来越像传奇。其实，毕业后见到过她一次，在飞机场的候机厅里，在人群中一眼就将她认出，她几乎没有变化，很安静地在寻找着一个座位。那一刻，读书时因她而感受过的那种气氛立刻又弥漫开来……

没有人说过她是校花这样的词，校花是对另一类女生的称呼。而她，在那个没有偶像剧没有流行歌曲的年代，她对当年的我们到底意味着什么？人类对美的神往是与生俱来的，教育不就是把本能中那些美好的天性变成一种文明的习惯吗？所以，那所比清华还要老旧的学校一直是我心中最敬重的地方，因为它居然有底蕴使"坊间"产生那么有天赋的想象力和有唯美主义色彩的传说。直到今日，每想起"美人症"一词便不禁莞尔。

真正让人防不胜防地感到美的，是直觉与不自觉相交织的，不明确但无法否定的，这就是所谓的明星气质吧。在《卡萨布兰卡》里，当英格丽·褒曼第一次走进里克酒店时，她

的美很自然地受到了所有人的致敬——"小姐，你是这个地方历史上接待过的最美丽的女人。"一个逃亡中的女人，一心想要的就是能获得生存的通行证，她可不是来寻找崇拜者的，但是，没有办法，她就是美。《西西里岛的美丽传说》里，莫妮卡·贝鲁奇只要出现在小镇的街上，小镇上的居民就好像中了魔咒一样被她的美所定格……再推后一点，玛格丽特·米切尔在《飘》的开篇的那一句——"郝思嘉小姐并不美丽，但十分迷人。"就此将一个在文学史上屹立不倒的角色根植到全世界女人的心中，然后又被费雯丽演绎得无以复加。这些女人，天生就是人群中闪亮的星星，在她还没有察觉你的存在时你已经一眼看见了她，再不能忘怀……她们都是"美人症"患者，而，我们，才是真正的病人，她们的病人。

那脆弱的美能抵挡一切
THE TENDER BEAUTY CAN KEEP EVERYTHING OUT

美的脆弱就是美的坚强，因为美能让人不忍摧毁。没有美，就只剩下荒芜和冰凉。所以，当这薄如蝉翼的面纱出现时，哪能不让人屏息、安静？

复古风潮越来越磅礴，到底是为何？只因 T 台之上需要这令人肃然起敬的情怀，天才们知道什么是那没有争议的支点，在那支点之上，才有他们无所顾忌的天马行空。所有的华丽，没有了遥远的底蕴就只是一阵暂时的喧嚣。于是，在没有宫廷、没有圣女时代的寻常生活里，我们可以用这块小小的面纱来弥补这太缺乏仪式感的人生。

我们都在电影里看见过从前的贵妇，还有她们脸上笼着的那张面纱。她们撩起自己面纱的动作是那么轻俏和徐缓，世界常常在那一刻突然停顿了一般地静默……美，无须绚烂无须强大；美，就是让人宁静和享受尊敬。

对乔治·阿玛尼本人来说，面纱这样的细节跟他的设计气质是一致的，在他的充满极度女人味的高级订制服装里，面纱是他为今年秋装所作的一个贡献，跟形形色色的无边女帽一起为他的经典添上又一笔典雅。对于顽童 Jean Paul Gaultier，这份古典不仅没有约束他，反而使得他更加放肆。因为真正的"搞怪"从来就是来自深厚的底气和非同凡响的驾御能力……面纱就这样也出现在顽童的 06 秋冬系列里。不同的是它取自西班牙的大披巾，西班牙女性将玳瑁或象牙的大梳子插在头发上，然后把大披巾盖在上面。现在，它们在顽童的秀里高耸入云……在这内敛和肆意的两个极端里，我们都看到了同样的符号。只能说，不论是低调的考究还是疯狂的夸张，他们都需要这一层蝉翼般薄透的精准，也许唯有它可以代表永永远远的神圣不可冒犯，内心那深不见底的高不可攀。

学院派性感
ACADEMIC SEXY

我们还记得那两个哈佛大学的男生女生相遇时的著名台词吗？《爱情故事》里精彩而又青春的开场白。

"想看点什么，预科生？"

"嗨，你怎么知道我是预科生？"

"因为你看起来又蠢又富。"

"其实我又聪明又穷。"

"我才是又聪明又穷呢。"

"你为什么那么聪明？"

"因为我绝不跟你去喝咖啡。"

"我并没有请你。"

"你蠢就蠢在这儿……"

他们深深相爱并结为夫妻，女生去世时勇敢得令人心碎，幽默地讲出她的最后一句话："抱紧点，预科生。"这种"预科生风范"曾经成为整整一代人的爱情模式。

"The new preppy"是时装界近两年提出的"新预科生风范"。显然，它并非照本宣科地抄袭 20 世纪 70 年代中规中矩的贵族学院穿着风格……因为今天的 preppy 提倡有些"无所谓"。虽然 preppy 指的仍然是耶鲁、哈佛、普林斯顿这样闻名于世的历史名校的着装风格，但是"the new preppy"只是从当年那些来自贵族阶层的名校学生身上截取了他们的气质和骨子里的偏好，再加入今天上流社会的子弟身上的叛逆精神，混合而成。要知道，当年的小约翰·肯尼迪是被杰奎琳费尽心思推进大学的，而今天的希尔顿小姐已经不被这样的男生吸引了……

说得简单点，"the new preppy"就是年轻的朝气加上轻微的放纵，是又聪明又"不乖"的学生风范，是懒散的、打不起精神的有规有矩，不过它的学院底蕴却注定了它是有规律可循的。

板球毛衣：因为贵族大学将板球作为必修的运动之一。它的特点是标志性强，款式经典不变。要点是宽大、随意，可以搭配短裙或者短裤。

百慕大中裤：必备单品。"The new preppy"的兴起之所以美坏了许多运动品牌，就是因为 preppy 是很富有运动气质的。"富人才有钱减肥"，就是这样来的。百慕大中裤可以搭配 T 恤、衬衣，也可以搭配板球毛衣。好像从男友那里借来穿的一样性感，其特点是裤腿宽大、低腰。最随便的反而最考身材，非高挑者勿试。

背带式布拉吉：不是一定要背带式，但是要有此概念的参与。比如纳奥米·坎贝尔穿的那件纪梵希的 06 晚装，就是活脱脱"the new preppy"，有黑框眼镜为证。

衬衣：宽大的仿如男式的白衬衣和条纹衬衣永远不会出错。大气和素雅为主，名校的学生绝不花哨，这是"the new preppy"里的一个真理。穿在V领的套头毛衣里也不失为经典。

西装和夹克："the new preppy"里虽然有叛逆，但是正统是这种叛逆永恒的底色。所以西装也是常备单品，至于夹克，是避免书呆子气的调剂品。此两款的穿着重点都是不要成套，要打破常规来穿。

配饰："the new preppy"里不可缺少的是大拎包，大如公文包那样的拎包。一双牛津鞋是少不了的。背带，则是为了营造中性的顽皮感觉。在成为一个社会人之前，这是一大特质。衣装材质一律天然，当然，最好是昂贵的天然质地。

种好你的试验田
TAKE GOOD CARE OF YOUR FACE

这句话对一个女人来说多牛啊："我的脸从来不抹什么的。"前提是她肌肤如雪。

天凉以后，收到好多类似信息："皮肤好干，救我。"或者："眼下冒出皱纹来，还会消吗？"多亏系列化妆品牌的采访刚刚结束，一一回复。首先要问对方：洗脸之后有无赶紧拍打化妆水？是粉水吗？就是粉红色浓浓的那种⋯⋯长斑了？有黄气？那先不忙拍打化妆水，要先用美白导源精华排毒再用化妆水⋯⋯还是干？有用保湿凝露吗？在日霜之前一定要记得先抹保湿凝露⋯⋯粉底霜要换，夏季的不够滋润，哦对了，粉底之前别忘记抹隔离霜呀，SPF 15 还不够，还要有 UVA/UVB 防晒成分，也要有保湿效果呀⋯⋯

希望你的脸小，因为这个季节必须得抹的东西一定是有七种这样多的，少了一样都不行，这仅仅是针对没有什么问题的皮肤，而且不含彩妆。我在广州认识一个韩国男孩，当我只用香水和口红时，他小心提示过我多次——你不给你的脸抹点什么吗？他有三个姐姐，不在镜前坐上一个钟头是不会出家门的。这是礼节，韩剧就是这样礼貌地打入了中国。很多人去韩国都找韩国粉饼来买，以为韩国女人美丽是因为韩国的粉特别好。错。那是裸妆，是彩妆的一个境界，塑造一种素面朝天的感觉，与真正什么都不抹的脸区别就在没有瑕疵。

别认为保养和化妆是老了以后的事。在上海采访时遇见一个来自成都的美容编辑，芳龄二十四，已能将任何一个品牌的保养招牌产品和彩妆明星产品娓娓道来，她那可爱的小脸就像一亩试验田，由于虚心，我从她那里得到很多启蒙。当我们从欧莱雅总部出来时，她伸出自己的左手背说："果真白了一些。"十分钟前，欧莱雅的人在她手背上抹了点美白保养品，虽然我使劲儿看也没看出增白的效果，但还是忍住了没说，我想这是一个信仰问题吧。

这还不算什么，《VOGUE》杂志有个同样年轻的美容编辑，几乎每隔五分钟就要往脸上抹一种东西，每十分钟就洗一次脸。这当然不能提倡，但显然，是趋势。用她们的话来说，预防第一道皱纹的出现是最重要的。这也是为什么走年轻路线的化妆品牌能高档化的原因。一旦皱纹跑出来，就永远跟你团结在一起了。

我用了两年时间得到的真理是世界上根本没有消除黑眼圈的眼霜，可是我的眼霜仍然越买越贵，我坚信，能保持现状便是最好。没人会比昨天更年轻。有女友，隔天做一次面膜，她先生说她太折腾，她冷笑："十年以后，你就会感谢我今天的所为了。"是的，我仍然不否认女性内涵的美丽是女人最大的魅力，但是，你若希望有人来阅读你美丽的灵魂，学会化裸妆可能会快点。

自从上海采访归来，我几乎把采访过的品牌都涂到了自己脸上。总有一天，我要写一本书，准备这样开头："我曾答应过告诉你，人是怎样迈入中年的……"请大家不要追究，这显然是抄袭迈克尔·翁达杰在《英国病人》中的语气，但是没有比这更适合我的书了，要知道，一张脸的衰老跟一个人坠入情网是一回事，没有办法。

情迷高跟鞋
FALL IN LOVE WITH HIGH-HEEL SHOES

嫁给欧纳西斯之后的杰奎琳，并不希望比自己的丈夫高出半个头来，他们一起去精致的名牌鞋店购鞋，杰奎琳希望买半底鞋、低跟鞋，但是欧纳西斯却坚持要她买高跟鞋，他说："请给她高跟鞋，越高越好。"他解释："要高跟鞋，这样才性感！"

对女人来说，不管鞋子是何种类型，性感很可能是选择鞋子的一个美丽准则。迷人的女人，鞋柜里可能是不会有 NIKE 这类球鞋的，也许她们已经习惯了"崎岖"的步伐。而自信的男人，爱的就是女人亭亭玉立的身高。

方头高跟鞋

方头鞋适合搭配：复古风格的大圆裙、中裤、铅笔裤，有波普风格的服装、彩袜。

方头鞋不适合搭配：阔脚裤、西裤、简裙、A字裙。

方头鞋适合脚形：脚形宽厚的。

方头鞋舒适高度：3～5厘米高度的粗跟相对舒适，也给人可靠感。

方头鞋最热款式：鞋头处有1～2厘米方形角度的小方头鞋是热卖品。

具有女人味的方头鞋：材质华丽，比如漆皮、丝缎或者有细节装饰，可以将女人味和时髦完美结合。

尖头细高跟鞋

这是我们鞋柜里的常青款，因为它看起来特别具有女人味，但鞋头尖度切记不要过尖或者上翘。对于职场女性来说，一双尖头的细跟鞋不仅能让身体形成诱人的女性曲线，还能

体现几经磨炼之后昂首挺胸的风骨，放大了女性特征的尖头细高跟鞋似乎更能体现职场女性的犀利和魄力。

尖头鞋适合的脚形：瘦脚形。

尖头鞋不适合搭配：七分裤、长裙、花苞裙。

尖头鞋适合搭配：筒裙、A字裙、铅笔裤、喇叭裤。

尖头鞋如何美化腿形：鞋子和长裤色调一致还有助于拉伸双腿长度。

经典款式：拼色尖头鞋就是用双色把鞋头鞋身拼接而成，既符合审美也有收缩脚趾长度的效果。

圆头高跟鞋

圆头鞋适合搭配：大热于春夏的五分裤、铅笔裤、伞裙、花苞裙、筒裙。

不适合的搭配：避免材质不佳，偏色，鞋头又方又扁的款式，也要避免装饰小家气的款式。圆头鞋不适合搭配喇叭裤。

你好，布莱克先生
HELLO, MR BLACK

　　"我不是男生，我也不是女生，我是花生！"这样有创意的话你听到过么？厌倦常规，厌倦被定义，脱离明确、保持游离何尝不是另一种诚实。

　　不断地轮回，是时尚界的规律，但其实，这是哲学意味的轮回。没有哪一种品质是可以独立存在的，也没有哪一样个性可以为魅力作最丰满的概括，不断地轮回是设计在人性中的寻寻觅觅，因为，没有哪一种形象可以终生不渝。

　　这是布莱克先生还是布莱克女士？在那个拈帽致礼的瞬间，有比绅士更轻松的潇洒，有比女士更宽广的气度，是柔也是刚，是不可捉摸的超凡韵致，本身就是无法解释的秘密，是这样举手投足间稍纵即逝的风景。

　　设计师们的性别游戏起源于之前的骑士风格，随后军旅装大热，并且已经名正言顺地变成男装女穿的天下。如果你看到爱做少女梦的 Anna Sui 都开始加入硬朗的行列，这个世界

就真的没有了男士免入的闺房。爱偷穿妈咪衣服的 Anna Sui
现在正偷窥哥哥的衣柜，你无法想象她曾经就是那脂粉飘香
的极致。往日流苏摇曳的 Anna Sui，今天却用丝缎为你准备
了中世纪宫廷风格的男装，在那油画般的浓郁里转变了性情；
而沉寂许久的 Balenciaga，在这股风潮里终于异军突起，以
那二话不说的刚毅重写了品牌的辉煌，这份飒爽像一记响亮
的挥鞭，命令你凝视她的存在，那英气逼人的存在；Michael

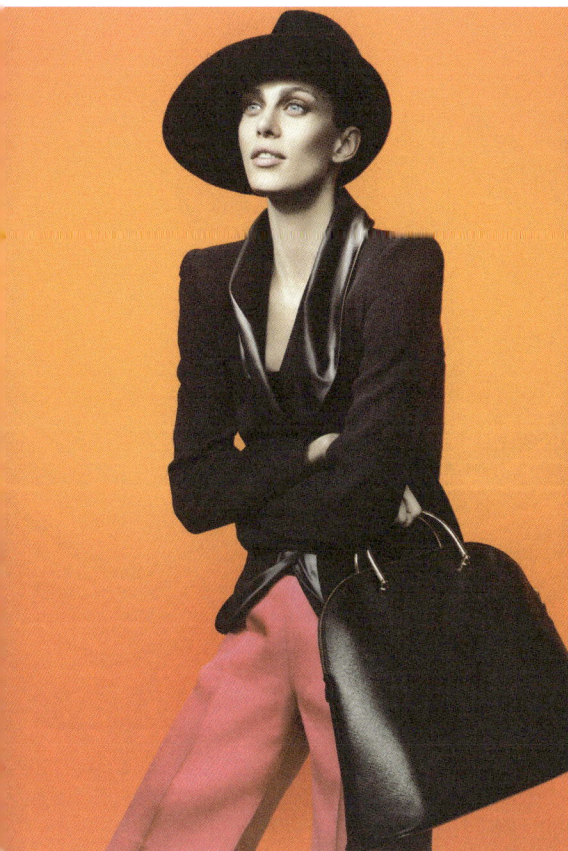

Kors 的男装女穿则是憨直通融的，元素是骄傲的，却给予了温暖的接受余地；Lanvin 的表达最为单纯，严肃而又直接得可爱，却反而保持了大品牌的镇定和自信；Louis Vuitton 已经完全走出固有气质，女士男装演绎得气派而冷峻，没有丝毫的犹豫。既然如此，在 Marc by Marc Jacobs 里就有着 Louis Vuitton 意犹未尽的手笔。在 Marc by Marc Jacobs 里的女士男装十分皮实，它放弃了 Louis Vuitton 的派头，多了一份远离主流的淡漠。那么，还有谁可以做得比 Marc Jacobs 更过瘾？当然就是 Lagerfeld Gallery，右手是 Chanel，左手是 Lagerfeld Gallery，你看到 Karl 大师将一个漆黑的世界剪裁得如此脱俗，他的随意生来就是用于制造高不可攀的。

唯独 Giorgio Armani，却让他的阿玛尼女士戴上了面纱，要知道，男装女穿，他最拿手，把男性面料引入女性时装的经典举措非他莫属。因此，让我们把这个美丽的致礼献给 Giorgio Armani 吧。性别的界限能够以如此优美的方式消失，而在女士的身上所有男士的品质却未被减弱，仿佛没有什么是我们不可承受的美好，与其说是"性别共同体"还不如说女性可以将形象进化到完美。哲学家康德所书的《崇高与美感》已在现实中得到新的解析，崇高未见得就必是高大雄伟的，而美感也可以摆脱纤细与柔弱。

再见了，大师
GOODBYE, MASTER

巴兰西亚加离开时装界之后，不知有多少时装设计师都说过："我希望能成为巴兰西亚加那样的大师。"在时装界，对任何设计师来说，这永远都是最高远的理想。但是，巴兰西亚加再也没有出现过。

复古风潮，在新世纪一经出现就没有过退热的意思。因为，我们没有什么可以超越从前的创新了，我们唯一可以做的就是修改和拼接，裁剪往日的岁月、往日的经典，尤其是饱含了大师们迷人自我和独创灵感的完美作品。王小波曾经十分羡慕身边的年轻人，因为他觉得年轻人拥有"前途"，但对于设计师们来说，年轻也许是种永远的遗憾，他们的灵感也许早已被大师们缔造成传奇了。年轻的遗憾其实就是时代的遗憾，时间早已经消耗掉了无数伟大的机会。而所有的风格都将归属到大师们的足迹中。

在上海外滩，当你看到阿玛尼专卖店和元绿寿司占据着一头一尾的两个位置时，你一定会对这样的排列感到有所遗憾。也许，当年的巴兰西亚加就是因为不愿意进入这样的排列而离去的，任迪奥如何诚挚地挽留，他也义无反顾。而迪奥深知，即使他因此而可以站在时装界最高的位置上，但巴兰西亚加的离去，已经使那个位子失去了原有的高度。

从设计生涯上来说，阿玛尼的一生都在实现自己对于设计最淳朴的诺言："设计师有做普通设计的责任。"这使他跟时尚圈总是若即若离，他的成名甚至与当时弥漫整个时代的潮流背道而驰。在嬉皮风格盛行的当时，他却靠极其简约和别致成名。此后，他的风格一直都是这个旋律的延续、加强，或者渐变……他的作品里从来没有喧嚣的细节，他反感那些让人疲惫的夸张。他那赋有流动感的无结构设计，完全摒弃了装饰的手段，行云流水般飘逸，至今都影响着整个时装界。是他，在女装中首个运用男性面料，并以阿玛尼套装给予了职业女性双重的形象——既有无性别的强大，又极具女人的柔软。

他只做有阿玛尼风格的高级时装，而不是为了上杂志封面和红地毯。然而，正是这样的素雅，让所有穿着阿玛尼的人永不出错，且保有经典的摩登。我们从没有看见阿玛尼失去过自我，也没有看见他疯狂过。他的设计状态就像他保持得完好的体形，尽管他一直就是一个工作狂，但是他永远都能让你通过他的作品体会到自律、感性、坚持、优美，他是一个真正的完美主义者。

当阿玛尼明确地表示"汤姆·福特可以担当这一切"时，我们不禁要庆幸，某种信念也许可以得到延续，就像卡尔·拉格菲尔德于香奈儿那样。从气质上来说，汤姆·福特跟阿玛尼确有几分相似，尤其他们亮相时的台风和着装几近雷同……你甚至能够发现他们的长相都有相似之处，一样的脸型和一样矜持的微笑与欠身……但是不管有多么惊人的相似，阿玛尼只有一个。

另一位在时装史上公认的最重要的设计师和革新者华伦天奴至今还没有宣布他的接班人。也许，这对于他实在是很艰难的一件事情。他的时装也许将越来越融入未来，因为他的时装代表的是成熟、华美、贵族，是泼墨似的流畅与大气，是大手笔的繁复和富贵逼人的优雅，是索菲亚·罗兰那样经典的传奇才可以陪衬得起的夺目，经久不衰的红黑白三色在他手里已经变成出神入化的法宝，这样的举重若轻里有多少华伦天奴的梦想，梦想的传承本身就是一个更大的梦想。正如华伦天奴所言："对我而言，高级订制时装源于一份寂寥的浪漫。"而这个时代，必将使很多的梦想越来越寂寥……当 2006 春夏米兰时装周传出华伦天奴本人想退休的消息时，他表示"接任人选必须彻底了解他的创作及设计理念"。我们不知道华伦天奴还能留多久，却已经能够肯定，再也不会有第二个华伦天奴了。

可可·香奈儿与我们永别之前，还在准备第二天的服装秀，她感觉到透不过气来，然后她走了。她说："看吧，人就是这样死的。"直到最后，她也是锋利和无畏的，所幸的是她如愿以偿地让自己的风格永存下来。我们的幸运是，曾经拥有过阿玛尼和华伦天奴；我们的不幸是，亲眼看到了他们的离去。

两性
就跟童话一模一样
AMPHOTERISM
SAME AS FAIRY TAILS

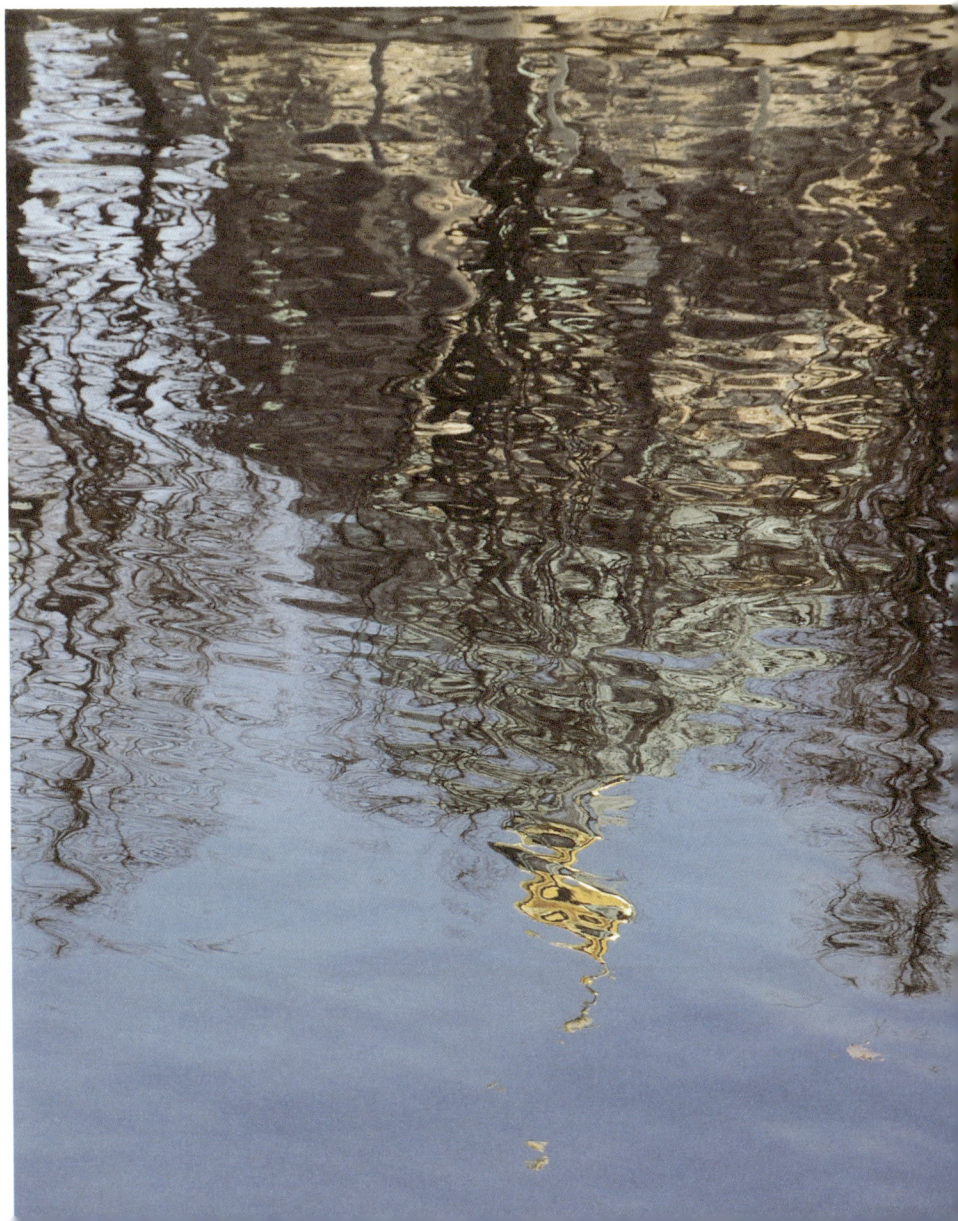

请给我那体面的爱情
PLEASE GIVE ME THE HONOURABLE LOVE

如果你爱我，请在我死去时给我你的悲伤，给我那最后的体面。

那个在西蒙·波伏娃的葬礼上朗诵波伏娃自传的中年男人，是朗兹曼，波伏娃最后的情人，其时他们已分开 28 年。但作为唯一与波伏娃同居过的男子，朗兹曼应该是每个女人最渴求的情人。他给了波伏娃最后的体面。

1952 年，44 岁的波伏娃与大洋彼岸的奥尔格伦刚刚分手，她本以为自己的爱情生涯走到了最后，但是生活却再次向她投来深情炙热的目光。当时《现代》杂志社的编辑朗兹曼 27 岁，英俊纯洁，他认为波伏娃相当漂亮。跟这样的男子看电影是多么青春的事啊，波伏娃生命中最后的激情就这样拥有了甜美的归宿。

他们一起生活了 6 年，是真正意义上的 6 年，也是萨特从没有给过波伏娃的快乐生活。横亘在他们中间的 17 年差距，使他们决定在 1958 年把关系退回到友谊。波伏娃哲学的清醒显然不如杜拉斯小说的专横，能够把情人留到最后。但是 1960 年加缪去世的消息正是朗兹曼在第一时间电告波伏娃的，足见他并不曾远离波伏娃的生活。感谢上帝，萨特走在波伏娃之前，我们不能奢望萨特能够在波伏娃的葬礼上为她做得更好。

奥黛丽·赫本去世时，她的两个前夫和最后的伴侣罗伯特，以及终身的知己纪梵希都来了。他们为她抬棺，一起承受肩上那棺木边缘的尖锐带来的沉重和刺痛，他们走得很慢。赫本在去世前对自己的儿子说："这次我确信你们是爱我的。"这是真正的优雅理该得到的体面。

赫本简约而温暖的葬礼自然不能与黛安娜王妃规模空前的葬礼相比，但是王妃的风光到最后也是寒冷的，扶灵的前夫，查尔斯王子直到最后也没有结了她真正的关注和忧伤。他不

断地整理自己的袖口，领角衣襟，口袋里插着的手帕，就像
患有强迫症的病人那样对自己的仪表充满不安。年轻貌美的
黛安娜，至死也没有获得王子的心。

　　1954 年肯尼迪和杰奎琳拍过那么一张照片，他们一起看
他们的结婚照，杰奎琳身着小圆点的布拉吉，倚着沙发坐在
地毯上，怀抱着一大捧放大之后的婚礼照片，等着丈夫一一
欣赏，沙发上的肯尼迪正在端详着其中的一张。他们两人的
表情是截然不同的，杰奎琳脸上无限的欢欣，肯尼迪则是冷
静而探究的，像是在辨认照片中他无法确认的人和事。他们
的情绪一个还在蜜月期，一个已经把婚礼存档了。作为历史，
我们都知道杰奎琳将在自己的婚姻里遇到什么。如果我们可
以假设的话，可试想一下要是在肯尼迪脸上能看到跟杰奎琳
同样的蜜月般的笑容，相信历史也将重写，至少杰奎琳的婚
姻能够跟她的婚礼一样完美体面。在爱情里，真爱永远是最
体面的礼物。

　　我希望那个爱我的人，站在死去的我的身旁，为我朗诵：
"再见了，但你会和我在一起，你会走进走出，似我血管中循
环往来的一滴鲜血，那将我的脸颊灼痛的亲吻，我的爱人……"
我希望他跟朗兹曼一样身着风衣，有一个哀伤的背影；我希
望他仍旧能打点好自己的头发，并且记得将风衣的领子整理
妥当……因为，在波伏娃葬礼上的朗兹曼，风衣右边的领子
反卷了起来。不论我活着还是死去，我的爱和爱人都必须是
体面的。

皮特要是爱朱莉，我们没意见
IF PETER LOVES JULIE, WE WILL BE FINE WITH THAT

　　没有哪个女人不愿意承认自己喜欢布拉德·皮特。即使从情欲的角度来看，爱他，都是一件具有美感的事情。在《特洛伊》里，他年轻的臂膀和有力的臀部，全世界的人有目共睹，长在一个 40 岁男人的身上尤其珍贵。我由此曾怀疑詹尼弗·安妮斯顿对布拉德·皮特的爱情，因为她跟他拍拖 9 个月都没有与他结合，而且这被认为是她得以成功嫁给皮特的原因。对此，我只想套用一句西蒙娜·西格诺瑞当年为自己的丈夫伊夫·蒙当与玛丽莲·梦露的绯闻所作的著名的辩护："什么是女人？与布拉德·皮特相对，岂能不动情？当你在皮特的怀里又怎能无动于衷？"那就是真爱么？那是经营。

　　如果詹尼弗·安妮斯顿当真把婚姻看得那般神圣，就不会拒绝与布拉德·皮特生儿育女了，她只想多点时间拍戏。现在好了，她去安心拍戏吧，用她以布拉德·皮特之妻的名义扶摇直上的人气和片酬。虚荣的名利场上，她不能否认自

己能够在去年的《福布斯》"全球百位名人权力榜"上位居17，是踩在了丈夫的肩膀上吧，可怜的皮特位居第36名。人说下巴过于宽大的女人是心机最重、手段最厉害的，一点没错。被她驯服之后的皮特，于4年的婚姻里十分收敛，但却给了妻子足够的成长空间。

美联社纽约的记者评论说："他们俩的分手事件，在名利场里就跟柏林墙倒塌一样重要。"好在，跟詹尼弗·安妮斯顿分开后的布拉德·皮特依旧年轻，前程似锦。他刚离开安妮斯顿就立即有影迷在T恤衫上写下"布拉德·皮特，我愿意为你生孩子"。他又回到了全世界爱他的女人身边，他仍然在全世界最性感男人的排行榜上，他仍然是英国女人最想吻的男人，没有人会说他曾是詹尼弗·安妮斯顿的前夫，倒是詹尼弗·安妮斯顿一辈子最风光的定语莫过于"她曾是布拉德·皮特之妻"了，只不过她从来就不是让人心服口服的布拉德·皮特之妻。

你要是想了解深爱与痛楚的滋味，只须看布拉德·皮特的成名作《秋日传奇》。那部影片中的男主人公特里斯坦已经折射了布拉德·皮特身上所有的一切。他的温柔，因为忠于自我而被称为残忍的温柔；他内心深藏的野性不羁则有都市男人身上越来越难找到的雄性气息，这样的男人，很容易让女人觉得自己不够美丽，不够幸运。面对他，唯一可做的就是等待和祈祷，他是不可征服的。戏里的两个女人，一个为他受尽煎熬至死不渝，一个把嫁给他当成毕生的理想。

特里斯坦这个角色奠定和塑造了布拉德·皮特在影坛的地位及形象。所以，在影迷的心中，只有最好的女人才配得上布拉德·皮特。这个女人必须有足够的美貌，这份足够的美貌最好是没有可比性的那种；这个女人还必须同时拥有足够多爱她的人，数量得跟爱布拉德·皮特的人差不多，由这样的女人得到皮特，爱皮特的人们才不会有意见。所以，这个女人，只能是安吉丽娜·朱莉。

安吉丽娜·朱莉，不仅当选为 2005 年度全球最性感女性，还被美国著名杂志《首映》封为当代女星榜首，更凭借《古墓丽影 2》创造了迄今为止女性主演影片的最高票房纪录，在英国"男人最想亲吻的女人"的民意调查排行榜中名列第一。她有与布拉德·皮特般配的性感，有与布拉德·皮特一样有劲的眼神，也有跟布拉德·皮特一样轻微的放纵气质。她甚至还有布拉德·皮特所没有的头衔及所为——2001 年被联合国任命为难民事务高级专员，4 年来她一直身体力行地履行着职责；她还是联合国亲善大使，与美国时任国务卿赖斯一起为 2005 年世界难民日庆典揭幕。她为这些头衔所做的一切发自内心地真实可信，仿佛她演绎过的女侠，总在为良知拯救着些什么。

最令布拉德·皮特心动的是，安吉丽娜·朱莉还是一个母亲狂，她曾扬言要组成一个像联合国似的多子女家庭，因为她多收养一个孩子世界上就少了一个孤儿，这样多的孩子多么需要一个父亲啊，全世界都知道布拉德·皮特想当爹都想疯了。

被女人喜爱的女人是经得起推敲的女人。不论美貌、才华还是性情，安吉丽娜·朱莉都让同性们没有话说。她美妙的身材犹如被电脑程序精心设计过一样无可挑剔，她的双唇有西方女性少见的丰盈冷艳。难得的是，她对于自己的优势从不屑于卖弄或者算计。她的坦白和诚实也很奇特地从不会给她减分。尽管她坦承自己曾放纵于爱欲以及是双性恋倾向者，也丝毫没有影响到人们对她的着迷。每个女人都恨不得就是她，可以集天使与魔鬼于一身，只要穿一件简单的弹力背心就可以使世人热血沸腾；绾起头发戴上珍珠项链时则又像贵妇一样高尚纯洁。也许只有她，可以代表所有爱皮特的女人去爱他，毕竟，除了臣服与温驯，女人们并不知该如何去爱布拉德·皮特吧。但安吉丽娜·朱莉一定是可以的，正如《史密斯夫妇》中演出的那样，一切都是与丈夫势均力敌的。

据说，在《史密斯夫妇》开拍之初，布拉德·皮特面对与安吉丽娜·朱莉的激情戏甚至有几分尴尬。能够让射手座不自在的其实也就是能够让射手座动心的。对付像布拉德·皮特这样典型的射手座，双子座那贪玩和难于把握的气质是最富有吸引力的。安吉丽娜·朱莉就是双子座。

冷兵器时代的恋人回来了
BACK OF THE LOVE

关于足球，我从来都能坦白地表达我简单的观点，但其实我不想跟任何人谈足球。男士觉得我不懂，女人觉得我没有品位，同时她们也觉得安全，因为我喜爱的足球明星至少使得我不会成为她们的情敌。而我，觉得他们都不懂足球，也不懂我。可是这又何妨，不懂我和不懂足球，我们都会继续活下去。

五月的某次聚会，那个叫令狐磊的孩子刚好坐在我身边，讲到足球，我坦承自己的观点，并且问："你也看世界杯吗？"他温和无声地笑，说："我看球的。"我知道，我又碰见懂球的人了，我一点不觉得羞耻，说："我只知道看世界杯……"两周以后我在他的专栏里看到他这样给文章结尾："'世界杯决赛结束之后，我整个人的感觉就像是失恋了一般。'一个女孩子曾经这样对我说。我得承认，这是我听到过的对世界杯和足球的最高赞美。"其实，这也是我遇见过的对我的足球态度最宽容的一次评价。还有，谢谢他叫我女孩。

是的，我仍旧记得，2002 年世界杯决赛次日的午后，广州的一处天桥下，我买了一份报纸，在上面看见卡恩和家人度假的照片，一刹那，泪眼，身边是车水马龙，芸芸众生。小洋伞下的我忍泪忍得好辛苦。小阳伞挡得住我的哀伤和泪水吗？对一个看不到爱、看不到前途、生命总是不能真正开始的人，一个月的世界杯曾经是我全部生活的意义，当时我发誓 2006 年的世界杯一定要去德国看，那里，离卡恩最近。

我喜欢的男人，不能有一丝娘娘态，要像冷兵器时代的英雄。也许足球场符合了我的这个审美，而卡恩也符合了我想象中的英雄形象。在足球场上，没有职位、没有背景、没有包装，一切必须凭借他们本能的智、勇去完成，尽管这些年不断有人想来修正我的爱好，以卡恩的种种不是和他的渐渐老去，也还是无法令我改变初衷。多么讨厌这些势利的球迷啊。我曾经孤独地为那场决赛中的卡恩加油，整个酒吧只有我一个人不为巴西队鼓掌，孤军奋战。难忘卡恩失球之后的沉默，教练拥抱他，他却并不回抱教练，那安慰在他的沉默面前显得孱弱单薄，他无言的脸叫我潸然泪下。

当一个男人手无寸铁、身无分文时，他用什么来爱你？去年日本有部电影《电车男》，讲一个几乎一无是处的男人，被一个优秀的好女人爱上。这个无风无浪的电影之所以能够大热，只因拥有现代人越来越稀缺的英雄主义，因为那个无比平凡的男人异常勇敢地与在电车上欺负那女孩的醉鬼搏斗。所以我很介意男人有没有帮我拎重物，会不会在积水处让我踩在他的脚面让我过去，过马路会不会紧紧地牵住我，在有任何危险的时候，他会不会下意识地挡到我的前面。我欣赏项羽和虞姬的爱情，爱彼此的抱负，并且交换彼此的生命，不能一起生就不贪生。

刹那中的亿万光年
HUNDREDS OF MILLIONS OF LIGHT YEARS IN A FLASH

《指环王》第三集，在结尾处有一个阿拉贡和公主阿尔温的接吻。

十分之意外，在庄严的日子，一个迅雷不及掩耳的瞬间里。

刚刚戴上国王王冠的阿拉贡，在漫天飘飞的花瓣里接受普天下对国王的敬意，在人群中，他看见了他的阿尔温，精灵公主阿尔温。他目不转睛，即使所有的人都能为他作证，他似乎还是难以置信这一次不再是幻梦。那曾遥不可及的永世之爱、晶莹剔透的生命之光、举天之下的至善至美，这一次竟然就亭亭玉立在阳光普照的花瓣中。

他走到她面前，吻了她，当着冈多国的人民。

他只能吻她。

阿拉贡，在那一刻，只能吻她。在漫长的跋涉和征战里，支撑他们的是无声的盟誓，万语、千言，对两个坚贞的爱人已经多余。为了走到这一刻，阿拉贡穿越了无尽的黑暗与邪恶，在死亡如影随形的日日夜夜里，是他说："我不怕死亡。"在无穷无尽的征战中，永远是他往邪恶的阴影里纵身一跃，捍卫着人类的荣誉和生存，当他将俊美的青年、骁勇的壮年都献给了浴血的奋战以后，他终于成为摧毁邪恶的伟人，一个可以迎娶精灵公主的英王。坚韧而忧郁的阿拉贡，终于结束了爱情的流亡岁月，站到爱人的面前。这时，他只能吻她。经历了千辛万难，原本就只为唇齿交融的一刻，他就是为这一吻打下天下的，他应该吻她。当邪恶横行的时候，精灵公主奄奄一息，是阿拉贡的胜利挽救了她，他们的爱情的胜利也是光明的胜利，她也应该吻他。

阿拉贡走到阿尔温的面前，当着冈多国的人民吻了她，对难得一笑的阿拉贡来说，这一吻里有惊人的壮美和横扫一切的柔情。阿尔温为此放弃了灿烂的永生，变作凡人，与爱人阿拉贡共度短暂的人生。这一吻解答了一道千古难题，是活在亿万光年里还是拼却刹那间的一醉？对精灵的长生不死来说，一生只是一晌贪欢罢了。但阿尔温还是选择了后者，没有任何人会因这阳光普照下的一吻有半点微词。这时，我们会发现，对一个吻的定义，来自这一个吻产生之前的一切，对一个吻的价值而言也是如此。

虽然那一吻是如此美丽和令人感动，但是这时响起的掌声还是成为影片的败笔。掌声，是如此不适合那个魔幻的世界，它使一个神话里露出了俗世的声音，这是一个破绽，是那个时空不应有的东西。为什么不是恩雅的歌声和人类的笑脸，以及漫天的花瓣交替着出现来做背景呢？

许多西片中，关于接吻时得到的掌声经常会属于那些在公众场合的求婚者，那得到应允后的一吻，总是名正言顺地被所有观者祝福。在西方，爱情像阳光一样令人欢呼、让人热爱，接吻是阳光下的风景，也许那更是对生命力的一种赞美。掌声在这时是合时宜的，善良的。

在《时代广场的胜利日》那张照片中，并没有爱情，它记录的是当二战结束的消息传到纽约的时代广场时，一位狂喜的海军士兵紧紧搂过身旁的陌生护士热烈地亲吻着她。后

来照片出现在《时代》杂志，成为反映战争结束后人们狂喜心情的优秀作品。

40年后，拍摄者伊森斯塔特在报上刊登寻人启事找到了当年照片中的两位主角，他们已成了子孙满堂的祖父、祖母，他们并没有因为那一吻变成情侣，但是那一吻成为人类永远热爱和平的标志之一。我们还能清晰地从这张照片里看到：在这两个热烈接吻的陌生人身后，有两个士兵边走边笑，还有女人们驻足边看边笑，照片的右侧更有人悠闲地手插口袋观赏着，每一个人都是那样快乐轻松啊！没有战争了，没有警报了，又可以爱了，可以无忧无虑地等待明天了——你们尽情地吻吧，代表所有生存者！那个海军健硕的大手握住的不是一个女人柔软的腰肢，而是重新得回的生活啊！

当我们，无论何时何地，只要站在了这张照片面前，那种对生命的感动和热爱就会油然而生。为了和平的珍贵，希望的珍贵，我们感谢这两位素昧平生的拥吻者吧，感谢他们的奔放，因为他们的热吻是一曲无以言传的欢乐颂。于是我们再次印证了对一个吻的定义的确来自这个吻产生之前发生的一切，而这个吻的价值就在于它将永远成为历史的一部分。

《最著名的吻》是有关接吻的著名照片中最早的一张，面对这张在公共场合抢拍的照片，还曾经引发了一场肖像权的官司，但却并不妨碍它在全世界流传。每当凝视这张照片，我总是会去注视吻者身后那两个行色匆匆的路人。那个戴着贝雷帽的男人和那个身着风衣面无表情的中年女人，还有前景里那半个坐着的臃肿的背影……呵，木然而萧瑟的芸芸众生里，我们能感受得到的唯一温度就来自这两个接吻的恋人了。他们显然也是在赶路，女人的装扮淑女，发型端庄，她那英俊的恋人充满艺术家的气质，围巾是那么随意地塞在外套里，头发散乱。他们在说什么呢？是一句什么牵动心扉的情话使他们突然地吻起来呢？女人稍稍后倾的姿势是那么的优美，右臂是正要抬起前的那一瞬间……

如果没有那一吻，他们也只是芸芸众生里恍恍惚惚的生存者，模模糊糊地存在着，跟身边的路人没有两样，然后，永远消失在每分每秒逝去的时光里。但是因为这个浓情蜜意的吻，他们将停留在人类的亿万光年之中。

刻骨铭心的刹那，才是漫长生命的意义。

谢谢你不再爱我
THANK YOU FOR NOT LOVING ME ANY MORE

　　颁奖典礼的看头，就是晚装和穿着晚装说出的获奖致辞。

　　詹尼弗·安妮斯顿在 2002 年的金球奖致辞时感谢了一堆人，却不知怎么将全世界最性感的男人布拉德·皮特给漏了，就像瞬间失忆，把那个做丈夫的忘得一干二净，上台之前还轻吻了她的脸颊的。皮特自然不可能挥手提醒——Honey，I am here。于是镜头扫向他时全世界的人们都看到了一张丈夫的脸，正在竭尽全力地演出一种叫做宠辱不惊的表情。

　　第 72 届奥斯卡金像奖的最佳女主角希拉里·斯旺克上台领奖时先是跟丈夫来一个生离死别式的拥吻，等她致辞时，还没轮到谢丈夫，那个男人捂着嘴已经哭成了个泪人儿，咳，叫人想忘记都难。

　　获奖的人，事业是成功了，生活成功与否仿佛也同时揭晓。

　　有了那样的心结，詹尼弗和布拉德怎能白头。

　　记得多年前，台湾导演杨德昌在领金马奖时把家人同事都谢到了，就是只字不提刚刚还坐在一起的妻子蔡琴。蔡琴一脸的落寞，脆弱的眼神躲闪着镜头，简直是当众被弃，叫人不忍目视。他们俩在那一年离了婚。

原来，人若小气，男女一样，中外雷同。如果，女人可称作记恨，男人就是残忍了。情语云："当为情死，不当为情怨。"任怎么轰动著名的爱情，有了这样刻骨的伤害，什么美感也没有了。曾经相爱过的人，为什么要当众给他这样的难堪呢，总有比这样无视他的存在要善良的风度吧。比如："布拉德（或蔡琴），你使我成熟了许多，我想我从中获益匪浅，谢谢。"这样可褒可贬可退可进的一句话讲了才是真正赢了。做人何必那么狠，看得人心淡。

第 75 届奥斯卡之夜上，最佳女主角妮可·基德曼说："我问自己我为什么要来，我想艺术是很重要的。"但是，她还有一个理由应该出席奥斯卡——看，失婚的妮可活得多么辉煌。

妮可领奖的那一刻，汤姆·克鲁斯在想什么？那一刻，原本也是属于他的。而当时的他站在佩尼洛普·克鲁兹的身边，一副筋疲力尽的样子，傻傻地笑着，没有了与金发碧眼的妮可一起时的神采风度。

自从汤姆为了小佩跟妮可离了婚，妮可以单身女人的身份凄美上市后，行情日涨夜涨，好像一件珍奇收藏被公之于世，美艳不可方物。十年的婚姻没有令她身材走形，反被称为从头至脚完美无缺的好莱坞女人。

婚姻的失败使她对生命有了新的认知，单身更使她的演技收放自如，细腻深沉，《红磨坊》成功之后，迎来了《时

时刻刻》为她带来的奥斯卡最佳女主角金像奖。更精彩的是，
弃妇的裙下从知名导演到青春男星，拜倒无数。就连罗素·克
洛的澳洲婚礼也因新娘惧怕妮可的魅力未设在邀请之列，真
是赞美得好隆重，愚蠢的新娘。不相信汤姆不吃惊，一直以
为是自己的光芒照亮妮可，再回首想细看前妻时已覆水难收。
但我还是钦佩汤姆，找到新感觉后没有左右为难，果断地犯
了错，没有高喊"懒得离婚"的中国口号。所以，妮可活得
多辉煌，汤姆就错得多英勇，对与错不是他们活着的标准，
精彩才是。

伊莎喝的那杯酒
THE WINE THAT ILSA DRINKED

　　如果你能告诉我，伊莎喝的那杯酒是什么，我就不再提《卡萨布兰卡》了，你肯定答不出，因为我已经问过所有老友。我说名著名片看那么几部就够了，但是一定要看懂。你会不断地发现细节，重温它给你的安慰，以及跟它之间共有的那些默契，现实中已消失的风景，这是十分私密化的享受，就好像那部电影是为你一个人拍的！它已经渐渐成为你生命中的一部分。因为它已经深入你的灵魂，甚至加入了你的再创造。以电影的历史和我们漫长的一生中那些孤独的夜晚来说，值得一看再看的影片还是太少。

　　《卡萨布兰卡》我已经看过多少遍？但直到最近我才欣喜若狂地发现我唯一爱喝的洋酒竟然跟里面的伊莎喝的那杯一样。当伊莎和丈夫维多第一次走进里克的酒店，坐下之后，维多说："两杯君度，麻烦你。""君度"是个法语的发音，我一直忽略了这个细节，因为只要他们走进里克的酒店我等待的永远是伊莎和里克重逢的一刻，所以放过了这句微不足道的台词里我挚爱的"君度"。酒不是伊莎点的，但她的丈夫是个典型的君子，他毫不犹豫地点下的酒不见得是他自己爱喝的，但一定会是伊莎爱喝的。

　　让男人痛苦在爱情名片里是多么迷人的事，几乎所有爱情名片里一个女人都会有两个男人，而在这部片子里还是两个好男人，这就是它感人肺腑的缘由。女人变得跟男人一样需要权衡，痛苦地徘徊，这时观众会因为影片中在权衡的女人而付出自己的痛苦。

　　有两个细节，都发生在维多与伊莎十分感人的对白之后，就是当维多问及伊莎与里克的关系后深情而又宽厚地表白："我非常爱你，亲爱的。"这时是晚上，他们自己的房间里，还关着灯，但是伊莎的回答是："是的，我知道。"然后你以为会发生什么？没有。维多随后要冒险出去开革命会议，走到门口，她才接受了丈夫在她额上的一吻。另一次是发生在这之前的白天，维多说："伊莎，我非常爱你。"伊莎将与丈夫靠得很近的脸侧开，幽默地笑着说："我会替你保守这个秘密的。"她巧妙地回避了一个吻。

　　面对里克时，伊莎可不是这样。轻佻地向里克抛出一个硬币："一法郎买你的心事。"面对里克的疑惑她仰起脸说："只有一个答案，能解决我们所有的问题。"然后她给了他一个完整的吻。而他们重逢之后，前一分钟伊莎还用手枪对准了里克，后一分钟他们已经唇齿交融。

　　其实，明了爱是什么，内心深藏着这个密码的女人都有点像君度酒。君度是透明而寡淡的样子，瓶子也毫不煽情。

但是，入口就是浓烈的橙香，然后在你的身体里暗暗燃烧。你仿佛经过开满了橘子花的暗夜，走到了成片的橘树林里，看见了一个金灿灿的白昼……君度是很纯粹的，喝不了的就干脆别喝，因为假如掺进了其他的饮料，它就立刻变得混浊起来。正如爱情，如果还有一个游离的余地，那便不是值得拼却的一醉。

有林妹妹才有爱情
LOVE ONLY EXISTS WITH SISTER LIN

次日要签版，一个都还没做出来。海豚找到《红楼梦》的票，上海越剧团在装修一新的深圳大剧院演出，只有两场，这是最后一晚了。我说："你美编都不在我做什么版？当然去了。"她说："你编辑都去看戏了我有什么版好调？"我们都找到了不可抗拒的理由去看《红楼梦》。天一黑，就冲进蒙蒙细雨里，这样的天气就是看《红楼梦》的天气。

还是少女时，跟母亲看过太多次的电影《红楼梦》，徐玉兰和王文娟演的，心里的林妹妹一直就是王文娟那个样子。虽然人都说林妹妹是多愁多病身，但我的记忆中更多的是她的傲岸和决绝，还有曹雪芹在她出场时描述的那样自有一番"风流态度"。在我的心里，林妹妹是强势的，只是不适合生存罢了。要知道，活下来的都是妥协的人，妥协是弱者的存活方式。

好在，我们的座位比较靠后，看不太清楚舞台上的宝哥哥和林妹妹到底如何。既然作为顾问的徐玉兰和王文娟都跟演出团来了深圳，就当是与她们的精神同台吧，不过服装和舞美实在无法令人美言，比起白先勇先生的《牡丹亭》来，《红楼梦》在服装造型上的设计太需要点化了。你说，宝玉哭灵怎么可以穿着海绿色上场呢，这是大观园的丫鬟也晓得的规矩吧。

爱看林妹妹和宝玉初相见的那一段，我相信一见钟情，谁说他们不是？一个心里暗惊："好生奇怪，倒像在哪里见过一般，何等眼熟到如此！"另一个干脆鲁莽说出来："虽然未曾见过他，然我看着面善，心里就算是旧相识，今日只作远别重逢。"原本天造地设的一对却被活生生拆散，听到黛玉临终前叫紫鹃休得再提大观园的人，她心里多么的怨怼。

看戏到此，悲哀油然而生。尽管我们不必再由家族权威来决定终身大事，但即使在今天，林妹妹也仍然是不被看好的爱人，她是那么一个为了"我的心"不依不饶的人，我们的时代欢迎的仍然是宝钗，是通情达理到任由丈夫用别人的名字来呼唤她的人。在崇尚薛宝钗的时代，爱情注定了是个稀罕之物。林妹妹是有爱情之大勇的女人，壮士不过断腕，而林妹妹则为爱拼却一死，对于她，爱情没有另外的方向，活着没有别种可能，她要的不过是懂得她心事的一个知己。

很感谢母亲曾用林妹妹和简·爱给我的爱情教育，这对女人是多么的关键，倘使女人可以在爱情上保持内心的高洁，那么她在精神上就会获得决不妥协的能量。林妹妹和简·爱都是生态上的弱者，无依无靠，前途渺茫，但她们又都是爱情纯洁的守护者，是真正意义上的爱人，只有她们才不会逼迫丈夫求得功名，只有她们才会成为你失明之后内心的光明。你能拥有这种女人的温情，你才能了解如花美眷会有何等的风致，似水流年可以何等的如醉如痴。当然，首先你得为她所爱，得在愚顽的外表之下有副清奇的骨格，可不能是俗流之辈，林妹妹也就这点要求了。

爱是野蛮中恒久的忍耐
LOVE IS THE UNVARYING TOLERANCE IN WILDNESS

　　每个女人都会爱上《罗马假日》里派克那样英俊的绅士，的确，如果他没有一颗君子的心和绅士风度的话，不食人间烟火的公主与他的邂逅留下的就不会是罗曼蒂克的记忆了，结局甚至会十分不堪。但是，在这部影片里我最欣赏的却是那个送了一枝花给公主的卖花的小贩。

　　公主擅自从宫中跑出来后，一边在街上游荡一边享受着平凡的市井生活，这时一个卖花的小贩拿着一大把鲜花递到公主面前："鲜花配美人，最好看不过了。"经常接受献花的公主理所当然地将鲜花接了过去，然后伸出右手给小贩并且说："谢谢。"小贩有些不解，买个花还需要握手吗？他一边握住公主的手一边说："要1000里拉呀！""我没钱了。"公主说着将花又递了回去，小贩很希望公主拥有那束花："算800里拉好了。"公主说："我真的抱歉，我没有钱了。"小贩将价格又降了100里拉，公主拿出买冰激淋的招数给小贩看，小贩非常遗憾地只好将花束接了回来。但是，他突然从花束中抽出一朵花来，坚决地送到公主面前，公主开心地笑了说："谢谢你！"然后要把口袋里最后那张零钱给他，小贩潇洒地将手一挥，说："鲜花配美人！"转身做他的生意去了。

我喜欢回味这个不甚年轻、发了福的男人，当公主将花递回来的一刹那，他感到于心不忍了。他显然不知道这个女孩是一位尊贵的公主，但是他天性中美好和浪漫的一面让他送出了令人难忘的一枝花。这枝微不足道的花代表的其实是无限的慷慨和怜惜，这就是一个绅士面对女士应该有的情怀啊。"鲜花配美人！"多么豪气、自然的理由！比起 999 朵玫瑰来，我宁可得到这样的一朵。

不是每个男人都有挥金如土的能力，所以，那比真心还要真心的力所能及其实就是每个女人的向往。真正的绅士是富贵不能淫的。

不管多么平庸的爱情片，只要里面有那样一个细节就会让我产生好感——那就是男人将自己的外套脱下来披到女人的身上。这时，也许是天黑起风了，也许是下雨降温了，我们不能要求每个男人都像《泰坦尼克号》里的杰克那样把生存的机会让给所爱的女人，但是我们至少需要这样一个感动——他把感冒的机会留给了自己，将带着自己体温的外套披在了所爱的人身上，这是最平常的怜香惜玉了。举手之劳，却弥足珍贵！真正的绅士拥有的是一种令人愉悦的习惯，不是突发奇想和兴之所至。

我曾经被李连杰在一部枪战片里的一个细节触动过，但出于对这类电影的淡漠，我没有记住片名。在那部影片里，

李连杰短时间地收留了一个需要庇护的女人，但是由于危险渐渐逼近，他催促她离开，因为她会带来麻烦。李连杰一边下着逐客令一边抢在女人之前去给她拉开了门。素昧平生，却还是将一个应有的礼节做到了位。如果这个动作是李连杰自己的演出而非导演安排，我认为李连杰总算没有愧对多年的海外生活。我一向都不喜欢他，只因有报道说他对自己的前妻十分吝啬。

《我的野蛮女友》只是通过十分现代的野蛮来诠释了一种传统的优美，因为时代已经无法缓慢而细致地前行了。在粗糙的今日，深情和优雅常常会被质疑、嘲笑，野蛮却仿佛更加合乎时宜。但是，在一个女孩所有的"野蛮"里，我们体会到的不正是一个男孩"恒久的忍耐、恒久的盼望、恒久的等待"吗？那个隐忍的男孩，是因为充满了对女孩内心痛苦的理解和怜爱而饱受打骂，可是他却嘱咐女孩的相亲对象："如果她打得很痛，你要装得一点也不痛；如果她打得不痛，你要显得很痛……"

也许，现代的绅士，只有穿越女友那现代的野蛮才能将风度修成正果。那么，野蛮还是值得感谢的。

关于手的阅读
APPRECIATE HANDS

　　我要是对一个男子有兴趣，我就会去注意他的手，他的手会替我决定我们是否能够走到一起。一个人跟你的种种可能都是从牵手开始的，没有了这个可能性就不必作其他任何尝试和幻想了。手的尺寸和式样决定了你们可会搭调，只有搭调的两双手才会渴望握在一起，一双令你反感的手是不会跟你有任何结果的，不管他的主人是谁。

　　所以，我相信希拉里对克林顿的爱情。我相信她说的"我深深地爱着他……"因为有那么一段话使我深信希拉里和克林顿之间是有爱情的。希拉里在《亲历历史》中写道："打一开始，我就注意到比尔双手的形状。他手腕细瘦优雅，手指又长又灵活，有如钢琴家或外科医生的手。自我们从学生时初识，我便喜欢看他翻书的样子。这双手至今已握过数以千计的手，挥杆不下千余次，签过的名连起来也有好几英里长。如今经过岁月磨炼，这双手跟它的主人一样多了几许风霜，但它的表现力、魅力与灵活度不减当年。"

这段话使希拉里在我的心中还原成一个女人，一个可信的女人。我再也懒得理会那些关于这对夫妻是权力与野心的结合的解释。我更愿意去想象，学业优秀而又刻苦的希拉里是如何被克林顿翻书的声音吸引着，一次又一次地为那双优美的手怦然心动……如果没有这种真实的心动，克林顿就不会成为当时唯一能让希拉里笑的人了。于是，多年过后，希拉里还在感叹爱人的手仍然魅力不减当年。但这时的感叹已经不像从前那么纯粹和心旌荡漾了，它掺杂了更多的无奈和幽怨。

克林顿的手在他 2004 年来中国时曾经在电视里露过面。他相当之从容，一身无可挑剔的正装，但是在右手腕上却戴了一串老木色的链珠。政治人物身上出现这么私人化的配饰，极少，尤其在那么显而易见的位置。这串链珠让人想到了克林顿的个性其实是十分不羁的，也让人想到了他在婚姻以外发生的那些任性的故事。也许，做一个政治人物，只是克林顿最佳的社会理想罢了，以他的性情，他更应该做一个居无定所的爵士乐手，既然他能吹萨克斯。对一个爵士乐手而言，没有恋情才是不合格的。

克林顿与希拉里的许多合照中，他们总是并肩、牵手的，或者是克林顿将希拉里的手举到唇边吻着，这是爱人之间坦荡的亲密。即使是在莱温斯基事件以后，他们也是手牵手的，只不过已经要借助于他们的爱女切尔西来完成了。

莱温斯基的新书《我的爱情》里，也有一张莱温斯基和克林顿握手的照片。莱温斯基紧握着总统的手，激动而又神往地仰望着克林顿。她紧紧地握着她人生中辉煌的一刻，她并没有意识到她只是握住了一只优美的手。明显地，克林顿的手指是松懈舒缓的，神情中还是那种从容得都有些佻的样子。他没有紧握住莱温斯基的手，完全不像他与希拉里那样，不管怎样，他们已经将彼此握进了各自的生命了，手可以为他们作证。

新近出版的《绝版爱情》一书里，有一章关于"涅槃"的主唱科特·柯本与妻子科特妮·洛夫的故事。其中有一段也是关于手的。当有人问科妮特为何喜欢上柯特时，从小就嬉皮的她居然会面带羞涩语无伦次地说："我也不知道。我觉得挺不好意思的。我就是觉得他真的挺好看的。他真的很酷，他有一双非常漂亮的手。他真的很漂亮。我解释不清。"叛逆而又狂野的摇滚女歌手因为承认自己倾心于丈夫的双手而害羞，这与希拉里对克林顿双手的优美发出的感叹是多么

相似。它们都是来自情感深处的触动，所以也都如此的让人黯然神伤。

在陈丹燕的《上海的金枝玉叶》里，戴西去监狱里与3年没有见过面的丈夫的遗体相认，但是她的印象里那个高大的中年人已经变成薄薄的一缕了。于是她只有去检查他的手，她想一个人可能会变得面目全非，但是他的手却终生不会有太大的改变。戴西后来回忆说："那次，是我第一次知道原来一个人的手是很难改变的。我真的认不出他来了，那是一具太瘦的尸体，于是，我去摸了他的手，那是我熟悉的手，是他的手。所以，我知道那就是他了。"戴西是一个最地道的淑女，她所有的言辞都是节制的，在这种惊痛的回忆里她只是平静地使用了"那是我熟悉的手，是他的手，所以，我知道那就是他了"。生离死别都在那"我去摸了他的手"里了，但这是怎样的悲恸。

来自一双手的妥帖是无法作假的，那是一个太家常又频繁的动作。不然中国人怎有"执子之手，与子偕老"的说法呢？因此多年前当那个叫马中欣的人想要找出所谓三毛的真相时，只要读过关于三毛因为荷西不能入睡而放弃写作一年的事就知道那种种怀疑和猜测是多么卑劣和残忍了。来读一下三毛的这些话："……于是我每写一个钟头就回头看他，他翻来覆去地不能睡，后来我问他为什么，他说：'你忘了吗？因为这么多年来我睡觉的时候一定要拉着你的手。'我听了之后一阵黯然，简单地说：'荷西，那么我从今以后停笔了。'从那时候开始有十个月，我真的没写，别人问我，我说先生不能睡觉，他们觉得好笑说：'他不能睡别理他好了！'我说："他的工作有危险性的，我希望他睡得好。'后来我的父母来问为什么十个月没写文章，我说：'荷西不能睡觉。'父亲问为什么荷西不能睡觉？我说：'我不能告诉你，反正他不能睡觉。'他们又追问，后来我说了，因为我们是很开明的家庭。我说：'六年来，他不论如何睡，一翻身第一件事一定找我的手，然后再呼呼大睡。'所以，荷西和我的生活如果继续下去，可能过些年以后三毛也就消失了。"至今，我热爱三毛，因为这样的细节是如此至情可靠。

克林顿的书会说些什么呢？尽管被《我的爱情》抢先了一步，但是真实的声音是不必先声夺人的。不能否认莱温斯基也有莱温斯基没有被读到的真实。正如克林顿，虽然能够在握住希拉里的手时万分真切，却也会在十指松开后去触摸他自己的另一种真实。真实的已经无法只是唯一的，所以，他们各有各的真实。但是我很愿意被一双手的真实所感动。

就跟童话一模一样
SAME AS FAIRY TALES

　　当你手捧着 2004 年出版的《美丽的英语》一书时，你一定看到了那比书名还要大的作者名字——张海迪。这三个字在二十多年前曾经像一面旗帜，当时的很多面旗帜现在都销声匿迹了，只有海迪，还在飘扬，鲜亮、真实地飘扬。

　　我们看到海迪不但没有像医生所说的"活不过 27 岁"，反而在年近半百的时候活得更女人、更活泼，她的眼神充满了热力，她的笑容是如此开朗。从电视里看到被采访的她，服饰、发型都那么得体美观，她好像已经感觉不到人生于她有多少缺失。因为她的身边还有一个天使般的丈夫——王佐良。

　　王佐良在山东师范大学教外语。他和张海迪在 1982 年因为志趣相投结了婚，当时海迪还没有家喻户晓。因为有了王佐良，张海迪可以跟常人一样"散步"。他们避开人群，散步的地点选在自己的家里。二十多年的光阴，夫妻俩就是这样，一个推，一个说，他让海迪活在单纯的、真正的诗意的世界里，而他自己就是那个读诗的人。他需要牺牲多少普通男人的享乐啊，只有真爱才能让人乐在其中。

在电视里，我们看到的王佐良不言不语，斯文儒雅，面带微笑听海迪滔滔不绝地说话。瘦削的他分明有着英俊的轮廓，他的气质常常使人联想到中世纪油画里的圣徒。

我们感谢这位圣徒般的绅士——王佐良，感谢他用比常人更多的呵护和爱陪着他的妻子走在对生命朝圣的路上，相濡以沫，不离不弃，让我们看到了一个更精彩的海迪。

陈方安生是 2001 年 4 月退休的前香港政务司司长。在为香港政府工作近 40 年的日子里，她被公认为魅力型高官，有着经典的招牌笑容，以及一身恰如其分的入时打扮，既是女人六十的美丽版本，也是家庭事业两全的幸福典型。她的丈夫是香港加德士有限公司顾问陈棣荣先生。在她从政的岁月里，她的丈夫从未给她添过任何烦恼，使得她在人前人后都充满自信和尊严。他们结婚 40 年，始终恩爱非常，这里面必须包含多少陈棣荣先生的体谅和支持才做得到啊。想一想，那最被人们所喜爱的陈方安生式笑容是因为有丈夫始终不变的爱意和欣赏支撑着啊。每一天，陈方安生都是带着一种幸福感走出家门去面对外面的世界的。

还记得陈方安生在退休前的那次突然晕眩吗？从电视里看见她在一片闪光灯里被自己的丈夫接走，她显得疲惫而孱弱，但是也显得那么令人羡慕……当她无力面对世界时，陈棣荣先生就默默地出现在她身边，陪伴着她。后来在退休的欢送会上，陈方安生深深感谢并盛赞自己的丈夫近 40 年来的无私支持，使她得以体会到事业上的满足感。而陈棣荣先生也笑说"很高兴得回妻子"，并在一年前就公开宣布，如果太太退休，便结伴环游世界。

我们感谢这位宽厚的绅士——陈棣荣，感谢他作为宽厚的丈夫，使得人生于陈方安生永远都是可退可进，进退都是美满，进退都是成功。能在自己的本名之前冠以这样一个男人的姓氏是多么甜蜜啊。

"一见钟情，当时感觉天空都要爆炸了。"你能想象这样生动真切的语言是出自一个女王之口吗？这就是丹麦女王玛格丽特二世在伦敦遇见比她大6岁的法国驻英使馆外交官亨利伯爵时的感觉。1967年6月，丹麦王室在丹麦的弗雷登堡宫为这一对性情、爱好都无比相投的爱人举行了盛大而浪漫的婚礼。为了与玛格丽特结婚，亨利伯爵改成了丹麦名字，叫亨里克亲王。

玛格丽特二世是第一位富有艺术创造力的女王。她擅长绘画，做过图书插图、邮票设计、日历设计，还将外国作品翻译成丹麦文，也设计过教士礼服，并为安徒生童话《牧羊女和扫烟囱人》的电视剧做了舞台设计。每年8月，女王和亨里克亲王会回法国度假，亨里克在家整修葡萄园，自己酿葡萄酒，女王上街买菜，亲自烹饪。他们琴瑟相谐，都能说好几国语言，都对文学兴趣浓厚，1981年，丹麦最大的居伦达尔出版社出版了他们一起翻译的法国作家西蒙·波伏娃的著作《人总有一死》，获得了一致的好评。由于他们用的是笔名，直到该书出版若干星期以后，才"真相大白"。

亨里克亲王，我们向您致敬，感谢您在一个诞生过世界最著名童话的国家亲自缔造了一个真正的童话，让我们看到比童话更美妙的生活是如此充实而不空洞、不浮华。

在一项网上的投票评选"你认为世界上最浪漫的一对"中，席琳·迪翁和丈夫雷内·安格利尔竟然击败了贝克汉姆和维多利亚，高票当选。在很多颁奖典礼中我们常常看到席琳·迪翁和雷内·安格利尔在窃窃私语，席琳·迪翁趴在丈夫胸前说话几乎是他们的招牌姿势。这绝不是一种表演。

作为一个加拿大当地的音乐制作人和天才的经理人，安格利尔被 14 岁的席琳·迪翁录音小样中的声音深深打动，并抵押了自己的房屋以资助她发行第一张专辑。然后他一点一滴地将这个丑小鸭塑造成一只天鹅。正是他带席琳·迪翁去箍牙的。后来，他成为她的丈夫，一个经常在席琳·迪翁走过的路上撒上鲜花的丈夫。当惠特妮·休斯顿及玛丽亚·凯莉为自己的事业感情挣扎时，席琳·迪翁的事业仍然扶摇直上。1999 年，为了全心照顾身患绝症的丈夫，席琳·迪翁放弃了如日中天的歌唱事业，成为丈夫的守护天使。他们的浪漫是真材实料的。

感谢一个像父亲、像师长、像情人一样的雷内·安格利尔，他为我们树立了一个集伯乐、爱人于一身的形象。

退出江湖的完美理由
PERFECT EXCUSE FOR QUITING THE SOCIETY

　　在八卦杂志上，相当震惊地发现了山口百惠的近照，除了那落落寡欢的安静神情跟 25 年前一样，其他，什么都变了。八卦杂志上的标题也很惆怅——《唉，山口百惠……》。有此类杂志难得的善意和不忍，那一声叹息里，多少美丽倩影灰飞烟灭。当年她隐退，男生们都说："要是世上没有三浦友和多好呀。"但我们都还记得那是她的理想，也许，我们根本不了解山口百惠的内心到底有多通透，冰雪聪明是一种晶莹而难以穿透的境界，一如美钻。

　　麦当娜只比山口百惠小一岁，也有丈夫，两个孩子，但状态完全不同，仍然是时尚杂志的封面人物。可是，人各有志，女人到底该不该留在家里，还是凭各自的天性和兴趣吧。有人天生喜欢被观看，天生需要太多的爱，有人天生不。日本权威智囊机构博报堂生活综合研究所的一项调查显示，年龄在 16 岁至 19 岁的中国与日本年轻女孩，职业理想大相径庭，日本女孩最大愿望是做家庭主妇，大概因为日本人中 A 型血的居多，A 型血最适合做家庭主妇（不过山口百惠是 O 型血）。而中国女孩的志向是公司总裁或首席执行官、高级管理层，这是因为 B 型血是中国人的主要血型，此血型最善于将感性与理性相结合。深圳本土知名服装品牌女掌柜们的血型，几乎都是 B 型。所以，理想只有与自己的天性搭调才叫舒服，不必辛苦为了虚荣心去实现别人眼里的理想。

记得从前，我们要是说一个女人没有水准，就会用"家庭妇女"这个词。但是如今，在家煮饭哪是平常女性可以随便妄想的事情。若有人落落大方地介绍自己是家庭主妇，她大概是这样一种可能：有学位，有国外身份，有优秀的丈夫，而且不止一个儿女，所以全心全意地在温室里，培育优秀基因茁壮成长。很像《绝望主妇》里的女博士，遗憾的是她生的全是儿子，而且心态变得跟广东的传统师奶差不多，整日与假想中丈夫的新欢斗智，剩下的智商也都浪费在与邻居老太的纷争里，但冲口而出的商业点子却一鸣惊人，心机又重，让做丈夫的下班比上班还要累，完全应该重出江湖。

退出江湖最惊险而又圆满的例子，莫过于林青霞。虚荣和爱情的滋味都尝遍了，突然出嫁，嫁得甘心甘愿……也有以退为进的，像邓文迪，看起来是相夫教子，实际上是杀进江湖，多少人的江湖都泡在她的婚姻里了。山口百惠的选择对于山口百惠来说是对的，听听三蒲友和对妻子的评价就知晓："与以前的山口百惠相比，我更爱现在的她，我想不起来她到底为我做了什么，但是她为这个家付出了一切。"这对夫妻，真是不枉此生，想想就完美，却也绝对惊险，我们难道就不应该感慨三蒲友和这个美男子么，假如他不是这样一个厚道明白的男人。要知道，正是这种假设，让许多女人仍旧愿意浪迹江湖。

魔镜、魔镜告诉我

ENTERTAINMENT
MIRROR, MIRROR, TELL ME

暴风雨来过才会有彩虹
RAINBOW COMES AFTER STORM

　　妮可·基德曼于 2006 年 6 月首次到访中国，欧米茄特别捐赠五块星座"彩虹女神"限量版腕表，表底盖刻有"妮可·基德曼"。五块腕表拍卖之后的 10% 款项将捐赠给联合国妇女发展基金会，此基金会是旨在争取妇女权益及维护男女平等的慈善机构。

　　妮可·基德曼还没进来，前排的摄影师已经将镜头对准那块白色门帘足有五分钟，无形中让我也紧张起来。台上欧米茄的老板在说话，介绍着他们的新腕表和妮可……妮可终于出来了，我舒了一口气，放下悬念的感觉真好，还有就是，妮可·基德曼的穿着让人真舒服。通透的黑上衣，烟灰色高腰铅笔裙，宽腰带做腰间装饰，肤色的高跟鞋。典雅又低调，其实，女神气质也就是中年女性的冰清玉洁吧。当然，手腕上一定戴着欧米茄彩虹腕表，上台时很小心地走路，站稳没几分钟就把手腕抬高给大家看她代言的手表，顺便还瞟了一眼欧米茄的老板，仿佛在说："我这样做行吗？"表现得这样明显，实在有些天真。唉，看得心里叹了口气，11 年的婚姻生活，让她始终残留着居家女子的心态，这样抛头露面也是被汤姆·克鲁斯逼的。也许她还是喜欢做依在男人身边的女人，只是上苍给予她的甚多，不愿意看她自我埋没，于是就又给了她如此这般的坎坷吧。

　　妮可·基德曼的身材是最被女人们喜欢的那种，修长高挑，完全没有赘肉。在休息室里赞美她的都是女记者，大家赞美的重点是她离婚以后不仅越来越成功还越来越漂亮，有记者把刚刚拍的照片无限放大，发现她总共才有两条细幼皱纹，再红十年都可以。而对于传闻中她整容过的鼻子，也一致接受，既然汤姆·克鲁斯最不满意他自己的大鼻子，那么就应该让他看看前妻的鼻子是多么秀美。人难免八卦，而八卦中最受欢迎的一定是胜利的弱者。

　　汤姆·克鲁斯现在的这段缘分到底能维持多久，不令人乐观，看到他对未婚妻凯蒂所颁布的六大育婴守则觉得太过霸气了，在家里摆江湖地位可不是上等人所为。甚至还不准凯蒂在女儿面前吃糖果，也不让听摇滚音乐……甜食对女人来说就跟爱情一样，才刚刚出生就被剥夺了甜蜜的权利，谁愿意做他的孩子啊，难怪凯蒂会得产后忧郁症。当初在访谈节目里为了凯蒂兴奋得手舞足蹈，现在却要凯蒂签婚前协议，不知怎么说得出口。如果爱情是表演，这表演就总有一日会结束。想想妮可离开的是此等一个男人，应该热烈鼓掌。有一天，这个叫凯蒂的女孩总会长大的吧。每每看见她在汤姆·克鲁斯身边毫无保留地咧嘴大笑就觉得累，也许她已经到了神经紧张的边缘，女人要是真正幸福，笑是从眼底里涌出来的。

　　站在台上的妮可，看不出沧桑，跟她代言的腕表一样闪烁着光芒。欧米茄那款 18K 红金限量版腕表从设计上品味不到任何新意，我个人觉得很有些俗，不过是在时刻标记处中规中矩地镶上了蓝、红、黄、绿宝石，还有石榴石，营造出彩虹色彩的效果罢了。要说好，也就是代言人找得好。谁的人生没有风雨交加的时候？也许，走投无路的那天，这款"彩虹女神"会变成一种信仰，让人相信自己能迎来人生的彩虹，女人的钱就这么花了出去，花钱的时候其实完全是精神化的。

红地毯上的秀色
BEAUTY ON THE RED CARPET

要有多少阅历和锤炼才能有这样闪光的雍容和美艳，一张红地毯，仿佛是给你一个巅峰来做背景，你能唱多高就看你的底气和慧根了。

绿要绿得有生机

以绿色走红地毯，可以说是红地毯上的野兽派。不过，选择什么绿来走红地毯却很费思量。妮可·基德曼和茱丽·摩尔都成功示范过红地毯上的绿色着装，两人选的都是不同的墨绿、苦胆绿和冷杉绿，印象高贵。这次章子怡的绿多次被人称为黄，或者黄绿色，它摇摆在芥末绿和咖喱黄之间。对于这个不确定的颜色，它的材质则使它成为一个清新的选择，以轻薄质地层层叠叠，凭借中国人的身材占尽优势。此款此色，皆非经典，但穿在这个年龄的章子怡身上，恰恰好，一如她

的鲜活和伶俐。相比之下伊万基莲·莉莉身上的绿松石绿则以密实的材质再次表达了颜色的密实，不能不说绿得有些沉重……于是章子怡的绿胜出，胜在生机勃勃。

红要红得有底气

玛丽亚·曼努诺斯个子娇小，头发放到一边，耳环长长坠下，这三个理由已经足够将礼服的腰线提高了，好在笑容还是欣欣向荣的，否则一切都是朝下的趋势。

以简·卡尔的年龄，所穿款式略显紧张了。腹部是这个年龄的痛处，没有必要将它裹得那么紧凑，一副岌岌可危的样子，洒脱和自如是这个年龄的优势，所以应该选择更自在的款式，要避免给人勉强塞进去的感觉。

凯瑟琳·西尔发式不错，高贵简单，很衬脸型，以她的肤色肤质，可以选择的余地还很大，可惜选择了一块印花料，颜色已经暗沉得比她大了十岁，还加上沉闷的长度，可惜可惜……如果裙摆是不规则设计，还能增加一份灵动，这样的大花图样最好是露腿露足，制造一些阳光感觉的。

伊娃·朗戈里亚也是娇小个子，头发很美，裙子是希腊气质的，没有出什么错，就是跳不出参加街坊PARTY的感觉，好像还是美艳的绝望主妇一个。

玛丽亚·克罗斯选择的也是希腊风格，但是希腊得有些过头了，尤其是双肩的搭扣装饰，对称得令人沮丧。希腊，来一点点就好了，这毕竟不是什么奥运会的点火仪式。

斯嘉丽·约翰逊这样的女孩，给她一点弹力面料就够了，

花样的年华，成熟的身体，如果气质能再清雅一些就是绝色了，不过这已经很难，太小就被母亲带出来战斗，她要的就是这种胜利的笑容和旗帜一样飘扬的效果，她的红正是最饱满的红。

再多的钻石，放在玛丽·哈特的身上也不嫌多，多少的阅历和锤炼才能有这样闪光的雍容，桃红就是这样变成仪态万方的。发丝是精致的随意，有种风中的凌乱美，礼服的款式是经典的，人也是。

黑要黑得惊艳

娜塔丽·波特曼，从没有穿出过自己真正的魅力，她的魅力是对于红地毯仍旧生涩的眼神。蕾丝很美，拦腰那条笨拙的腰带和巨型的腰扣将柔美到底的韵致破坏了。对蕾丝来说凉鞋不如露趾鞋搭调。

查理兹·塞隆的蕾丝用得比娜塔丽·波特曼聪明，是有透明感的，不像前者那么滞重。鞋子也选得好，唯一的不足就是她永远都是端着的，总像在舞台上。小金人都拿过了，还有什么不能放松的，在这块地毯上，秀的不仅仅是礼服，还有状态。

安妮·海瑟薇颇有公主日记里的延续感，如果鞋子再精彩一些就好了，既然是凉鞋，可以跟唇色一样来个法国红，不至于显得单薄。

瑞妮·齐薇格，了不起的BJ，身材恢复得令人叹服。红地毯上，值得赞赏的是瑞妮·齐薇格还从没有表演过BJ的无

厘头，很是大气得体。

白要白得华美

以红地毯为底色的话，白色是华美的。凯拉·奈特莉的白色是典雅而纯净的，但是中间那个巨大的中国结煞了风景。在西方这是个设计，在我们眼里，这是没动脑筋。

佩尼洛普·克鲁兹自从与汤姆·克鲁斯分手之后，红地毯的形象就越来越像妮可·基德曼了，这款礼服活脱脱的妮可风格，尤其前胸和腋下的剪裁完全一个照搬，是妮可的两件礼服的组合。她忘了她是靠做自己赢得汤姆·克鲁斯的。

没有人会责怪艾玛·汤普森，显然她的仪态和她的皮草、绸缎是不搭调的，但是英国人认为天才是可以不打扮的人之一。尽管她多次被评为最差着装，但是她十分自得其乐，对于一个不仅以演技还靠最佳编剧获得过金像奖的英国人来说，她有足够的资本在这个红地毯上表演最差穿着。在好莱坞，成功可以修补一切。

格温妮丝·帕特洛，红地毯上再春风得意也比不上她的从容：金像奖，拿过了；爱情，得到了；孩子，已经开始第二个了，还有什么她没有的？孕妇的礼服是柔软而秀美的，有不少复古的细节，一切都恰到好处。

她的美丽由她来解释
LET HER EXPLAIN HER BEAUTY

　　上帝造她时心情很好，是毫无涂改的流畅和精准。她的美丽，非常茁壮，根本不是时尚杂志里描述的那般矫情："西班牙郁金香。"不！她才不是收敛和矜持的郁金香，她是一望无际的向日葵，是那黄灿灿的田野里最高的那一枝葵花，上苍为此赋予了她更多的阳光和雨露，只为让她疯长成今天这副让她自己也无可奈何的模样，上帝完成这副杰作之后就饶有兴味地看着她，看她怎么办。面对上苍的恩宠，她冷冷地睁着大眼睛，那迷人的嘴角挂着一丝桀骜的不屑。其实，这一刻才是真正的佩尼洛普·克鲁兹。

卿本是天鹅

　　佩尼洛普·克鲁兹的美貌是百里挑一的，她也从来不曾经历从丑小鸭到白天鹅的痛苦煎熬。当她 15 岁时，她的美丽就已经像利器，可以击败 300 名竞争对手，一举成为电视选秀的优胜者，并由此走上演艺道路。常常被人们忽略了的是，在这之前，她已经习舞多年，但因为美艳，人们很少提及她足尖曾有过苦练近十年的芭蕾。

可是，好莱坞的美女，谁又不是百里挑一？只不过，佩尼洛普·克鲁兹的美丽特别阳光和肆意，带着些漂泊中的凌乱美和小麦色的野性。她身上的阳光滋味跟在海滩上晒出来的色彩是截然不同的，她肆意的气息也决非好莱坞似的疯狂。她的美貌就像弗朗明戈舞一样明朗华美。娇俏的五官并没有精致的雕琢感，反而是浓烈的异域玲珑；而她那美妙的身形，就像弗朗明戈舞里那一声声叩叩作响的手响板，有着酣畅淋漓的起伏和韵律。然而，当我们从好莱坞看到这样一个佩尼洛普·克鲁兹的时候，我们却还是轻巧地叫她——小佩。这显然不是特别尊敬的称呼，因为她美，因为她年轻，还因为那些拜倒在她海浪般汹涌的裙裾之下的好莱坞著名小生。

先是尼古拉斯·凯奇、马特·戴蒙都因她而离开了自己的爱侣，前者是影帝，后者是英俊的才子；然后是汤姆·克鲁斯，高调而决绝地与妮可·基德曼离婚，迅速向世界公布他和小佩的恋情，演出他们现实中的香草的天空。于是我们以为小佩是媒体所写的那个小佩，用她自己的话来说："媒体把我写成与好莱坞所有男人上过床的女人。"这时的小佩，有个全球闻名的绰号：狐狸精。

人们丝毫不去责怪这些男人，而把责任全部推卸在佩尼洛普的美丽之上。从来没有人责怪过汤姆·克鲁斯的处心积虑。当年模范丈夫汤姆·克鲁斯看到一部有佩尼洛普全裸演出的电影后惊羡非常，那是佩尼洛普未成名前于 1997 年接拍的电影《睁开你的双眼》，戏中的佩尼洛普使得汤姆·克鲁斯立即买下了版权，其目的后来大家都有目共睹。显然，并不是佩尼洛普要爬到汤姆的肩头去眺望世界的风景，是汤姆自己腿软跪了下去。

成功地单飞

好在，这一切都已成过去。如今，我们发现，佩尼洛普自己屹立在世界的巅峰，她的脚下不是任何男人的肩膀。没有人再叫她狐狸精，在娱乐版的新闻里她也不再是需要定语的"某某的女友小佩"，她，是最新的戛纳影后——佩尼洛普·克鲁兹。我们仍然不用回避佩尼洛普的美丽，不用回避她因此而吸引了更多的关注和更迅捷的机会，这几乎是所有美女的起点，但之后的奔跑却不是单凭美貌就能胜任的。

芭蕾，其实不是一种好控制的舞蹈，它需要的力量是看似轻盈缥缈的内在的强大，而它所有的旋转、腾空、托举，又都需要定力来完成。佩尼洛普·克鲁兹的表演一定从中获益匪浅，她的慧黠是显而易见的。尽管，她的演技有过青涩、有过成长，却从没有过丝毫拘谨，这就是她的底色，非同寻常的底色。与足尖的硬功夫相比，也许，电影对她更为适合，也更为轻松。

1992 年奥斯卡最佳外语片《美丽岁月》的小妹妹还只是她从影以来演的第三个角色，在西班牙她也以此获得了极高的荣誉。从那之后佩尼洛普平均每年都要拍至少两部影片，演绎过无数种角色，农场姑娘、孕妇、都市少女。

1998 年，佩尼洛普来到好莱坞，影片《崎岖乡间》是她的首部英语影片。佩尼洛普的演技引起了导演佩德罗·阿莫多瓦的赏识。1999 年，阿莫多瓦邀请她出演电影《关于我母亲的一切》中修女罗萨的角色，该片获得了当年的奥斯卡最佳外语片奖。2004 年，佩尼洛普与汤姆·克鲁斯分手的那年，我们看到了精彩的《乱世三人行》，那里面的佩尼洛普是个残疾的同性恋情人，她演绎得自如而又大气，甚至还有几分逼人的英气，没有丝毫对自己美貌的疼惜。这部影片，其实是佩尼洛普注定要成功的前奏，接着阿莫多瓦邀请她出演自己的新片《回归》，这次，佩尼洛普便成为 2006 年的戛纳影后。

很值得我们鼓掌的是佩尼洛普希望自己成为老太婆时还能演戏，看得出，她把电影当成终生的事业。她曾说："世界上最最困难的事情莫过于，你试图把仅仅因为美丽而开始的演员生涯转变成一份严肃而认真的职业。一旦你成了一位著名的美女，就没有人会认真严肃地看待你了。"这样的话，把经历过的所有波折和责备都一笔勾销了，没有多余的抱怨，清醒而又坚强。

事实上佩尼洛普这样说的时候，她已经靠自己扭转了这种"著名美女"的命运。她甚至还想成为一个摄影师，不仅去非洲拍照还要给曾经对她指手画脚的所有摄影师拍照，这个世界在为她的美貌折服时，又何尝没有给过她挫伤？在心里，她也许千百次地发誓要让那一切颠覆过来。这种倔强，或许就是她最终没有嫁给汤姆·克鲁斯的真正原因，但毫无疑问，这也将使她飞得更为高远。

只为自己美

　　《名利场》杂志每年都会拍一张"十美图"，挑选世界上的大牌影星，并由世界上最好的摄影师掌镜。我们看到在有凯瑟琳·德纳芙、索菲亚·罗兰等举世闻名的美女阵容里也有佩尼洛普·克鲁兹，同时，还有妮可·基德曼。佩尼洛普·克鲁兹的美丽已经成为不容回避的选题。

　　在佩尼洛普·克鲁兹离开汤姆·克鲁斯之后，人们都说她的品位越来越好。我们看到，在2005年的戛纳，佩尼洛普·克鲁兹开始以非常自我的形象来演绎自己的美丽和风情，那一袭花朵盛开的曳地礼服，是以怒放的姿态出现的，没有丝毫的怯弱和模仿。2006年的戛纳出场，她更为轻松，在阿莫多瓦身边，仍然是花朵，黑白两色，长度只是齐膝，仿佛是在度假。她的随意里有这样的潜台词——现在，你们终于知道，我不仅仅只有美丽了吧。

没有不能完成的任务
NOTHING IMPOSSIBLE

如果上帝要给中年男人一个实现愿望的机会的话，他会许个什么愿呢？再不用去奔波了的财富、重新燃烧起激情的爱情、如意的儿女、万众瞩目的名气、发福之前的身材？唉，奋斗半生之后，这些都是一个男人想要拥有的吧，可是愿望却只能有一个，多么令人为难，但我们却真实地看到，这梦想中的一切，如今都发生在一个中年男人身上了，他在年过不惑之后完成了许多中年男人不可能完成的任务。

一颗奋斗的甜心

在汤姆·克鲁斯的身上我们不仅可以看到作为男人的艰难，也可以感受到作为男人的可恨。1981 年的阿汤，是最窘困的阿汤，辍学后的他是一个单亲家庭里唯一的男子汉，他原本打算做一名职业摔跤运动员，但一次意外的膝伤把这个辛苦的梦想也毁灭了。他在修道院里静修了一年，决定选择演员这一职业。但随即而来的尝试却是屡屡遭拒，不是说他不够英俊就是嫌他太黑，还有就是"表演热情过了头"。他像一头饥渴的野兽，寻找着一切可能的机会，以他当时的处境，与其说是热情过头还不如说是没有头绪的焦虑。

那时的阿汤，离 2005 年深秋的阿汤还很远，离 2006 年以每日 6900 美金的消费出现在上海四季酒店的总统套房里的阿汤还很远。那时的阿汤除了拥有一个"十年之内成为一名有所作为的演员"的人生目标之外，一无所有，即使那个目标在当时也显得那么的虚妄。他无法想象自己有朝一日会带着移动厕所游览上海的城隍庙，而当他以热狗和米饭度日时，也无法想象自己将坐在一辆皇家商用房车里，享受他的私人厨师为他烹制的片场料理。

让我们把镜头再推回到 1981 年的修道院里，想象一下当时的情景，受伤后的汤姆·克鲁斯在如此接近上帝的地方待了一年，但也许正是这样一个所在让他意识到除了他自己，再没有什么能够拯救他的人生了……于是，我们看到从没有一分钱片酬的小角色到获得"乳臭派"这样一个可褒可贬的称号，汤姆·克鲁斯整整奋斗了两年。

只要把镜头切换到《甜心先生》里，再次欣赏一下汤姆·克鲁斯的表演，我们就可以想象他是怎样去说服大导演弗朗西斯·科波拉，让他在《外来者》（1983）中扮演了壮汉史蒂夫。可以说《甜心先生》里有许多汤姆·克鲁斯曾经的影子，坚韧地奋斗，不屈不挠，甚至忍辱负重。而《外来者》终于让大家注意到了他那轮廓分明的俊脸了。他与在《外来者》

出现的一批新星共同被称为"乳臭派"，这是好莱坞给当时一批极具表演天赋的青春偶像明星的共同称号，其中还有戴米·摩尔。在这群高中生偶像的明星中，汤姆·克鲁斯是唯一成功转型至成人角色，并创下超 10 亿美元票房成绩的人。

在重要的转折时期，只有曾经给自己定下过目标的男人才能保持冷静。1986 年，虽然汤姆·克鲁斯在青春片《壮志凌云》中的演出进一步巩固了自己的明星地位，但他清醒地意识到这部电影不过是美国海军的征兵广告，与他对理想的追求还相去甚远。汤姆·克鲁斯在这时也充分体现了一个巨蟹座男人在事业上的远见和耐力，为了摆脱性感偶像的定位，克鲁斯在 20 世纪 80 年代末开始了一种精明的"借力"。

1986 年，他以桌球天才文森特的形象出现在影坛宿将保罗·纽曼的身边，共同主演了《金钱本色》，该片为保罗·纽曼带来了一尊奥斯卡金像。接着在 1988 年，他又以《雨人》中弟弟查理的形象出现在主演达斯汀·霍夫曼的身旁。1992 年，阿汤再与杰克·尼科尔森在《好人寥寥》中大唱对台戏，该片曾获奥斯卡奖提名。汤姆·克鲁斯就这样成功地借力于实力派名将安全转型，虽然他没有获奖，但却理所当然地让人们记住了这些名将身边的衣钵传人——汤姆·克鲁斯。然后他在《生于七月四日》中饰演的残疾越战退伍军人终于使他获得了金球奖最佳剧情片男主角奖和奥斯卡最佳男主角奖提名。

创造过无数神话的好莱坞其实也是很残忍的，先是嫌他不够英俊，然后又认为他不过是一个凭容貌取胜的演员。1994 年，《夜访吸血鬼》的小说作者安妮·莱丝曾公开反对汤姆·克鲁斯出演此片。但是影片公映后，她却在《VARIETY》杂志上发表长篇文章，盛赞克鲁斯的吸血鬼莱斯泰特形象。"我认为汤姆之莱斯泰特会像劳伦斯·奥立弗之哈姆雷特一般永恒。"自此，再没人能无视他在严肃电影方面的成绩了。1996年，阿汤的两部电影《碟中谍》和《甜心先生》上映之后，评论界也再没人用"性感偶像"这样的词语来形容他了。从青春偶像到成熟的影坛巨人，一个男人在事业拼搏中的酸甜苦辣，他都尝到了，他凭借执著的意志与认真的作风，用了十五年的时间完成了当初给自己定下的人生目标。

香草的天空

当汤姆·克鲁斯成为21世纪好莱坞人人崇拜的典范，以不满40岁的年龄就跻身2000万美元俱乐部，并且还拥有自己的制片公司之后，他也失去了他的第二次婚姻。尽管人们把这个过失都归于他，却丝毫没有妨碍他的名气和票房。他并没有迎娶佩尼洛普·克鲁兹，那个使得他离开他优秀的前妻妮可·基德曼的女人，仿佛也只是他在感情生活中转型的借力点。他在对待现在的未婚妻凯蒂·赫姆斯的态度上已经高调到使他轻易就爬升到了"最俗气艺人"的榜首。虽然好莱坞把感情离异当成家常便饭，但对于一个中年男人来说，像汤姆·克鲁斯那样过于激动地手舞足蹈的确是有些过了，何况是在接受奥普拉·温弗雷的采访。他满脸的傻笑被称为"看上去就好像是中了六合彩一样疯狂"。

我们不禁想到，这样一个男人，当他得到了一切之后，也许他特别想要失去的就是对过去的记忆吧，也许一路走来太辛苦，他想要一个全新的人生，让他以为他生来就是这样美满的。很多男人在人到中年时最无法实现的，他也实现了，他就像个初恋的男人一样，邀请全世界来观看他的爱情。正如他说的："我就是喜欢观众，喜欢与各种人打交道，向他们说'喂，你们好！'……我喜欢受到大家欢迎的感觉。"如果还有什么"任务"是汤姆·克鲁斯还没有完成的话，就是他还没有拿过奥斯卡小金人，但对他这样一个男人来说，这只是迟早的事。

魔镜、魔镜告诉我
MIRROR, MIRROR, TELL ME

邮箱隔三岔五地被塞进来一些标着"劲爆"提示的邮件，一旁还注明"小心喷鼻血"的字样。真希望邮箱可以显示出用户的性别和性取向。在学校打排球时，球砸到鼻子上我都没流过鼻血，要不是怕病毒还真想看看到底是什么可以让人无端流鼻血。

都说在对待女人的审美上男人跟女人的标准不一样。比如黛米·摩尔，男人觉得她性感肯定是因为她的上围，没有人发现她最迷人的是她动辄泪眼婆娑的泪腺，回忆一下《人鬼情未了》吧，一句普通的台词在她的泪光里浸泡成万般柔情。其时，她没有披肩长发，身体也偏壮硕，但是她以此片一举成名，一发不可收。她曾为负心的前夫布鲁斯·威利两次隆胸，现在那一切包袱都跟前夫一起从她的生活里消失，无数俊美的年轻男子为她倾心，她更以 40 岁的高龄出演《霹雳娇娃》的续集。

皮尔·卡丹说女人最重要的曲线在腰部，它是最能表现女人优雅的部位。但我们无法要求大多数男人都能将审美上升到大师的水平。

像格温妮丝·帕特洛的胸，精致婉约，她的风格品位常常被形容为赫本式，在这个疯狂的时代我觉得这是极大的赞美，因为赫本的时代一去不返。看看珍妮弗·洛佩兹怎么骂格温妮丝的就知道——"本说他最讨厌一身排骨的女人！"本·阿弗莱克是格温妮丝的前男友，珍妮弗当时的未婚夫。我不相信，英气逼人的才子真的这么说过，奥斯卡最佳编剧可不是随便什么头脑可拿的。他正逼着未婚妻将街头风格的性感穿着改为高贵大方，说明他是颇为欣赏"排骨"风格的。而我们的时代会因为珍妮弗硕大的臀而将她封为拉丁天后，却可以无视她的毫无教养。

拥有格温妮丝那样的胸脯的女星还有米雪尔·菲弗、哈里逊·福特的女友凯莉丝塔·佛罗哈特、王菲和日本的浅野温子。浅野温子是除了山口百惠之外我所喜欢的日本女星，飘逸到可将不论多俗的角色都演出一身仙气，难得。只是，她也不再属于这个时代。

不过像小贝的老婆维多利亚那样刻意地去瘦，我怕看。但是，它却是现代的，是维多利亚学来的时髦。正如许多美国女性要求将自己的臀部造得像珍妮弗·洛佩兹一样。

女人的魅力，其实是莫名的。每个人的惊艳之处都不一样。固定在一个尺寸上是对男人审美能力的侮辱。

注意过麦当娜的脖子吗？在她的一张唱片封套上，她侧身仰头，双目微闭，犹如天鹅一般的颈部柔韧修长，那是我见到过的麦当娜最性感的地方。

　　知道吗，佩尼洛普·克鲁兹也曾给自己配了一副眼镜，因为汤姆的前妻妮可·基德曼近视，常常会戴着眼镜出现在媒体前。但那是妮可永胜于小佩的地方。妮可出生在有知识的家庭，她对伍尔芙一角的准确把握来自她平时大量的阅读，她的父母更希望她当一名作家而不是奥斯卡影后。一副眼镜使得妮可不同寻常地动人，美女小佩也看出来了。因为美貌与知性结合在一起，是一种进化的完美。

　　奥黛丽·赫本一生都是清瘦优雅的，尽管是永恒的经典，但是生活照样打磨过她挫伤过她，她的美丽是真实的。她的性感可以由她的葬礼来说明，为她扶枢送葬的有她的两个前夫和相爱的同居男友，以及终身的知音修伯特·德·纪梵希（《罗马假日》《窈窕淑女》的服装设计师）。一个女人的教养、美丽、善良、品位都在这里了。如果魔镜说出她的名字，没有人会反对，问题是我们的时代已没有魔镜。

文艺片女王
QUEEN OF LITERARY FILMS

　　她是法兰西必然的产物，德纳芙完美，阿佳妮震撼，贝阿肆意，苏菲是永远的青春……在法兰西的经典里，又怎能够或缺茱丽叶·比诺什的深邃？既然法兰西以哲学和艺术著称，法兰西影坛就不能是没有茱丽叶·比诺什的影坛。美貌、爱情、生命的疯狂总有一刻会骤然冷却，当空虚笼罩一切，这种时刻必由茱丽叶·比诺什来演绎，她是那个生命之重的承受者，为我们演绎思索的疼痛和缥缈。

沁凉的冰川水

　　不论你是在什么时候认识茱丽叶·比诺什的，你都将感觉一阵沁凉，她就像融化之后的冰川水，突然从银幕上迎面洒过来，让你在黑暗中一怔……那并非惊艳，她不是让人热血沸腾的法国女人，然而却叫你难以忘怀。

当中国的文艺青年们第一次接触到米兰·昆德拉的《生命中不能承受之轻》时，并不曾奢望或者想象得到，那充满哲意的读本竟然可以通过银幕来解读，也无从预知像特蕾莎那样一个角色应该有哪样的脸庞来诠释，法国优秀女演员太多了，但还是到了该茱丽叶·比诺什必须出现的时刻。

她带着受惊小鹿一般纯情的模样，侧着身子，一步三回头地跳跃在影片中温泉疗养院的墙前，这时她虽然已经24岁，从影6年，但仍似一泓清泉，乌黑的短发，穿手工的毛衣、平底鞋和碎花的短袜子。在她的成名作里，看上去青涩如春雨中的梅子，实际上是去雕琢之后的浑然天成。她显然是思维型的演员，在全情投入中有冷静的拿捏。因此，《布拉格之恋》那样一部充满色欲镜头的电影，就这样凭借茱丽叶·比诺什眼角那滴冰冰凉痛苦的泪珠变得沉重而且意味深长。

茱丽叶·比诺什有一张无邪的脸，干净、皎洁，有一丝的决绝，擅长将笑容骤然地怒放开来，仿佛一朵盛开后的白芍药，但大多时候是收敛着的，清冷而忧伤，天生具有小说主人公的气质。耐人寻味的安静，法式的神秘，却极有爆发力，在宣泄的一刹仍旧不可捉摸。她不美艳，总以简洁的短发示人，她的眼神甚至是像孩子一样清澈地直视你，你却还是会情不自禁地跌落进去。只要你发现了她，你的眼睛就不会再离开她。在众多的法国女演员中，茱丽叶·比诺什是不走性感路线的一个特例，但她却演绎过许多充满魔力的角色，比如《烈火情人》《屋顶上的轻骑兵》……当她抿着秀美的双唇，专注地望着你时，你的心就如受到重创，会有隐隐作痛的哀伤。

在《布拉格之恋》里，茱丽叶·比诺什从水中露面，这仿佛是一道谶语，切合了《生命中不能承受之轻》一书中托马斯对于她的诗意描写——"像河水中漂来的婴儿"，同时，也成为茱丽叶·比诺什在银幕上的一个经典。因为，在后来的《蓝色》和《巴黎怨曲》中，我们会再次看见茱丽叶·比诺什在水中优美的泳姿，尤其是她在《蓝色》里的水中哭泣。这部电影由世界级的电影大师基耶斯洛夫斯基导演。他的影片被认为具有伯格曼影片的诗情，他则被尊为"当代欧洲最具独创性、最有才华和最无所顾忌"的电影大师。基耶斯洛夫斯基热衷探讨的是有关每个个体的精神世界，所以他更像是一个运用电影语言讲述个人存在状态的哲人。在当时曾震惊法国的影片《蓝色》《白色》《红色》三部曲中，都蕴藏了他深切的哲学内涵。

基耶斯洛夫斯基用独特的眼光选择了茱丽叶·比诺什来担任三部曲中最深沉的《蓝色》的女主角。如今，《蓝色》成为全世界的电影发烧友和影碟迷们无人不知的影片，而茱丽叶·比诺什也借此走上文艺片女王的王位，成为电影史中的一个不朽。这一年是 1993 年，茱丽叶·比诺什已经 29 岁，但在片中她仍旧有如雪山上的空气，透明，清冽。

1995 年，茱丽叶·比诺什刚刚成为母亲，她出演了法国电影制作史上最为昂贵的一部影片《屋顶上的轻骑兵》的女主角，一位年轻神秘的公爵夫人。她在这部影片中传达了一种炽热的精神之爱，人们看到一个神秘、坚韧的女性。这部影片的主角并不是茱丽叶·比诺什，但却因为她的美而被喧宾夺主了。个性美，加上茱丽叶·比诺什此时的成熟美，让英俊逼人的男主角奥利维耶·马蒂内显得很吃力。旧金山《主考官》杂志电影评论员巴巴拉·舒尔加瑟对茱丽叶·比诺什的喜爱程度远远超过了电影本身，他认为茱丽叶·比诺什"晶莹闪亮，性感的嘴唇使她的面容生动无比"。

也就是从这一年开始到 2000 年，她成为兰蔻香水 Poeme 之知性典雅的代言人。以她经典的抿嘴而笑和那张混合了清纯与忧郁的面庞，让兰蔻的诗情爱意 Poeme 找到了最为贴切的载体。31 岁时的茱丽叶·比诺什最为动人。

接着，我们又看到了《英国病人》和《浓情巧克力》这样两部由小说改编而来的影片，茱丽叶·比诺什更凭借前者获得奥斯卡最佳女配角。她的出现，总是举足轻重，因为不论是不是主角，她都能赋予影片痛苦的气息，而这正是文艺片最珍贵的气质。这两年的新作《蜂王季》和《躲避》虽然都是以家庭为主题，但还是充满了对生命本质的思考。

少有双鱼如此冷静

都说双鱼座的女人以多情著称，但是茱丽叶·比诺什却鲜少绯闻。

茱丽叶·比诺什出生于一个艺术氛围浓郁的家庭，父母在她童年时离异，她在巴黎孤独地长大。在她22岁的那个冬天，带着大围巾走在巴黎街头的她，被迎面走来的鬼才导演卡拉卡斯发现，成为《卑贱的血统》的女主角，两人也成为恋人。接着她理所当然地成为卡拉卡斯耗时3年的大制作影片《新桥恋人》的女主角。但当影片在1991年面世的时候，这对恋人也宣告分手。后来茱丽叶·比诺什和一位潜水员共同生活了3年，1994年儿子出生后不久两人分开。1995年在拍摄《屋顶上的轻骑兵》时，她与男主角奥利维耶·马蒂内坠入情网，但后者因比诺什的成功带来的压力而提出分手……后来传闻她在拍《世纪儿女》时与比自己小12岁的男演员贝努瓦·马奇梅假戏真做。现在茱丽叶·比诺什与儿子住在巴黎郊外。她的爱情和她的作品一样都不多，但对于真正热爱电影的人来说，她创造过的电影生命将跟电影一样不朽。

最遗憾女主角
MOST REGRETFUL HEROINE

第三个演潘玉良的会是谁呢？

第一个演潘玉良的是巩俐，第二个是李嘉欣。如果巩俐是演潘玉良的正确人选，就不用辛苦李嘉欣了。她推掉广告，誓洗花瓶形象，更言自己很像潘玉良，可是当记者问她最喜欢的画家是谁，她却毫不犹豫地说：毕加索。略为机智点都会说：潘玉良。

有一个人选是合适的，只是时光无法倒流——奚秀兰，20 年前她在中央台的春节联欢晚会上唱过民歌小调。她的身高、脸型都与潘玉良有几分相似，尤其颧骨。而且，跟潘玉良同是安徽人氏。

电视剧《情书》里有一个慢镜头，说的是李亚鹏演的小伙子对潘虹演的中年妇女一见钟情，在潘虹朝着李亚鹏回头转身的一刻我还以为那是表示她要摔跤跌倒了，因为天正下着雨而慢镜头又重复了好几次，可是潘虹根本没有摔倒的意思，不过她把长发飘飘的亿万富翁李亚鹏击倒了。一直都是喜欢潘虹的，只是她演李亚鹏的情人没法让我相信李亚鹏对她着迷的程度会超过我。

类似的事还有个最著名的版本，就是葛丽泰·嘉宝演的《茶花女》。这是举世名作，我带着景仰的心看它，却无法将它与那些影评结合在一起。我不觉得嘉宝适合演茶花女，她的样子无法说服我她可以令那个年轻英俊的男主角疯狂。

演员的名气或美丽，甚至演技都并不足以使她成为某一角色的理由，角色本身才是选择演员的唯一标准，费雯丽就是《乱世佳人》苦等了两年的郝斯嘉人选，好像活脱脱从原著里走出来的。

《廊桥遗梦》里的女主角弗朗西丝让梅丽尔·斯特里普演也是对角色的一种遗憾。她的演技太好了，演得也太使劲，

使劲地演，那场跟罗伯特发脾气摔凳子的戏让人看不明白。原来雪儿也争取过这个角色，其实她才是最恰当的弗朗西丝，她的形象和气质都有意大利的韵致，跟小说中的弗朗西丝更接近。她演过的那部《月满俏佳人》就是证明，她最能表达平凡女子在爱情中的脱胎换骨。看《廊桥遗梦》时我的朋友雨在一旁瞌睡，我觉得不无道理。

　　最近刘欢出了一张《六十年代生人》的碟。刘欢是个感性的歌手，他用感情从细节上将老歌处理得十分饱满。但唯一遗憾的是阿诗玛的《一朵鲜花》女声部不应该由宋祖英唱，她的唱腔风格把刘欢的激情都压抑住了，刘欢明显地在男声部里控制着自己的感情，因为宋祖英太字正腔圆了，听着听着，到她的高音部时我都懵了——这是《江姐》选段吗？

像洛丽塔一样美丽，像郝斯嘉一样坚强
BEAUTIFUL AS LOLITA, STRONG AS SCARLETT

斯嘉丽·约翰逊，典型得不能再典型的美国名字，出生在纽约，从小被母亲带到各处去试镜，试完镜可以吃个热狗，她的人生就是为成名而准备的，那些热狗如今已经换来无数的华美。

美国名著《飘》给女人的教诲就是：你要么做梅兰妮，要么做郝斯嘉。但绝大部分情况下，人们都选择做梅兰妮，因为选择做郝斯嘉需要极大的勇气和资本，那必须是一种越战越勇的特质。但是很多女人的内心都有一个郝斯嘉，斯嘉丽·约翰逊的母亲便是这样的一个女人。

她叫梅兰妮·斯洛恩，看来她的父母希望她成为主流社会最受欢迎也最安全的角色，但是她却是骨子里的郝斯嘉。她对自己的人生不满意，也许她很厌倦自己淑女气质的名字，于是她给自己的女儿取名为斯嘉丽，把郝斯嘉的灵魂种植进了女儿的骨髓，然后一手开辟斯嘉丽·约翰逊的明星之路。

在经历无数次失败之后，是什么在支撑她们母女俩？就是那句郝斯嘉的名言——"明天又是新的一天"。试着想象一下，在又一次经历了失败之后，疲惫的斯嘉丽在地铁里朝母亲梅兰妮大喊大叫，那何尝不是辛酸的一刻？如果在那一刻退缩了，就永远没有了斯嘉丽·约翰逊。她们都没有退缩，她们是否曾像郝斯嘉那样面对夕阳发下毒誓："我发誓，我永远不要再挨饿！不要穷……"我们不得而知，总之我们看到了斯嘉丽·约翰逊的成功。《戴珍珠耳环的女孩》的导演彼特·韦伯说："斯嘉丽的母亲梅兰妮给了我们很大的帮助，她对我的电影理解得非常深刻到位。"斯嘉丽的成功更是梅兰妮的成功。

在看过《鲍比·郎的恋歌》和《迷失东京》之后很久，我才惊觉她即是《戴珍珠耳环的女孩》里那个没有眉毛的女佣，这个时候对于她的演技内心也才有了真正的欣赏。毕竟，前面那两个现代题材的剧情，对斯嘉丽·约翰逊这个年龄的女孩来说几乎本色也就够了，旺盛的精力，粗野的控制欲，那正是被纳博科夫描写过的"小美女的标志"。

斯嘉丽·约翰逊就是真实的小洛丽塔，她说："我总是希望和我合作的男影星年龄超过40岁，那正是我所要的。"于是那些辛辛苦苦打下一片江山的男星，都成为她身边发出时间酸味的颓势的男人。在《鲍比·郎的恋歌》里，她只不过是换上一件布拉吉，就足以照亮她身边那些萎靡消沉的男人们的生活。她的出现，几乎让所有的人发现自己在衰老，男人都显得老派过时，病恹恹、虚弱……女人干脆不见了。她霸道地得到所有宠爱。我有些怀疑，像《鲍比·郎的恋歌》

这样的影片是编剧在又一次读完《洛丽塔》之后产生的灵感？又或者，是斯嘉丽·约翰逊身上有大量的洛丽塔基因，是她把那个基因赋予了她的角色？

在《戴珍珠耳环的女孩》一片里，斯嘉丽·约翰逊却有完全不同的演出，她必须去除她身上所有的时代气息，在300年前的荷兰小镇里她不能利用她的年龄优势，但也正是这样才显出了她的分量。如果当真说到演技精绝的话，她在《戴珍珠耳环的女孩》里的演出使得这部电影充满了经典老片的魅力。以至于我从来没有把她和红地毯上那个明艳甚至艳俗的斯嘉丽·约翰逊联系到一起，更没想过那个总把头发堆得高高的女人就是《戴珍珠耳环的女孩》里聪慧隐忍的年轻女佣，也不会记得她还曾在《马语者》《缺席的人》里的演出。

斯嘉丽·约翰逊与《戴珍珠耳环的女孩》融合得不着痕迹，虽然在毫无看头的古装扮相里，她只剩下瘦削的小脸和抑郁的眼神，但她十分老到地将少女的青涩、孤独与欲念表演到了极致。剃光了眉毛，被头巾裹住了一头浅金色长发的斯嘉丽·约翰逊也比她在任何时候都更为诱人。影片里所有寡淡的陈设，饱含宗教色彩的灰袍更加凸显了她那像熟透了的水果一样香甜的身体。

斯嘉丽·约翰逊的确有一副超龄的性感身材，她又何尝没有一颗超龄的成熟心灵？只要你成功了，就没人再要求你清纯或者善良。这是时代的特产还是美国的特产？都是。现代的生活不提倡从容不迫，你站不到巅峰别人就看不到你，所以你要快快地往上爬往上跑……

斯嘉丽·约翰逊被人预言一定会在30岁前拿到奥斯卡小

金人，而她已经开始做导演梦了，而且想要"越快越好"。虽然她还没有拿到小金人，她已经是奥斯卡金像奖举足轻重的人物，作为奥斯卡评审委员会最年轻的新补成员之一，她的手中也有着至关重要的一票。这便是生逢其时，还有谁比她鲜活又成功的生命更能改观美国电影艺术与科学学院成员老龄化现象呢？在她的前面，还有无数的角色在等着她，韩国影片《我的野蛮女友》被美国梦工厂电影公司选中后，"野蛮女友"人选已经锁定女星斯嘉丽·约翰逊。斯嘉丽·约翰逊不用为了混个脸熟而演出一些默默无闻的小人物，明天，对于她，不是用来慰藉受伤心灵的"新的一天"，而是胜券在握的新的一天。

当王子不再变成青蛙
WHEN PRINCE NO LONGER BECOMES FROG

　　一个 40 岁的男人，不必在暗中紧缩腹肌，便如玉树临风，
颀长挺拔地站在万众面前，眼底没有一丝沧桑，含情脉脉，
不曾令任何一个在十多年前就为他怦然心动的女孩失望过。
当生活将许多白马王子变回青蛙之后，费翔却被时间漂洗出
更加自然的动人颜色。不能不说保持容貌也是偶像们应有的
职业道德。

　　沈从文有一次在自己买的一本新书扉页上写过这么一句
话——"今天从桥上走过，见一大胖女人，心中十分难过。"
生命的变形，竟叫慈悲如沈从文也发出如此哀叹。谁也不能
完全否认躯壳的魅力，最深沉美丽的灵魂也必须寄生于身体，
维护外表是对灵魂的犒赏，因为我们的灵魂无法替换寄生
之处。

　　费翔的脖子上有一颗小小的痣，十多年前，就是这颗痣透
过电视屏幕让许多少女情窦初开的。我有个至今未嫁的女友，

本身就是个不老的传奇，曾在费翔的演唱会上被费翔握住了手，被他边唱边凝视着。后来，她说自己真的有种落水的无力，费翔美得让心高气傲的她不敢正视。

女人再美似乎都可被追求和摘取，男人的美却只能仰望和等待。现在终于明白，那个被费翔追求的空姐为何就是不肯嫁给费翔了，有谁愿意或敢于将一生投置在一种遇溺的感觉里呢。费翔的完美于人于己都好残忍。男人本来只拥有才华和财富即可，他却还有美，这原是女人用来征服男人的武器，却被费翔武装到牙齿。他的牙齿洁白整齐，笑容单纯；他的头发浓密乌黑，肌肤紧致……看看身边的中年男人，就知道保持美同样需要意志力，因为恶习更令人享受。

随意地将衬衣的纽扣解开至前胸，用蓝天绿海般的眼睛看着你，手搁在腰间，是费翔的招牌动作，那从骨子里散发出的迷人比十多年前更袭人。长年的西方生活为他提供了很好的空间，保住了那一脸的明亮。凤凰台的陈鲁豫采访费翔时也一反平日的淡定和过于自信，露出了一丝慌张和软弱，没有一个问题是咄咄逼人的，因为不需要，费翔显得如此健康阳光。鲁豫问费翔："理想的情人是怎样的？"费翔说那是个俗气的问题。"真爱是爱上了对方的缺点，那缺点让你动心，使你想帮助她……"费翔这样解释他要的爱。

费翔，那么你的缺点是什么？如果一点破绽都找不到，如果你从来就没有做青蛙的时刻，有谁敢将爱的咒语吻在你的脸上呢？有谁相信你真的会需要一个真实的女人真实的爱呢？

人是因为不完美，所以需要爱吗？人会因为完美而得不到爱吗？

强尼的心是巧克力做的
THE HEART OF JOHNNY IS MADE OF CHOCOLATE

原味的巧克力是苦的，坚硬的，是苦中一缕清香。因为纯粹，所以并不甜蜜、柔腻。它要在唇齿之间停留很久才能融化，绝不肯在第一刻讨好你的味蕾，但那缕苦中的醇香已足以让人迷恋上。这倒是颇有些像强尼·德普。强尼·德普拍的电影不算多，却两次与巧克力相遇。

我们每个人的灵魂都只能寄生在自己的肉身里，终其一生。偶像的作用就是让我们的灵魂出壳，让我们在他的肉身里超越我们平淡无奇的自我，跟着他的悲喜体验精彩人生。在这点上，强尼·德普为我们所做的超越最多。他是那些不屑于读通俗读物的人手中值得炫耀的绝版小说，他是循规蹈矩的人内心隐藏的躁动，他是第一次深爱之后的永失，他是我们每个人青春期的挚友，当我们在寻常生活中失去了底色的时候，他却还在青涩的季节里用执拗的眼神质疑着人生——表情就像一个得了厌食症的人遭遇一场盛宴。这时，对于所有在人生的宴席里吸取了太多垃圾或营养以至于使自己变了形的人来说，唯有用对强尼·德普的爱来阐明自己也曾纯粹过，也曾桀骜过。爱强尼是一个表白，表明自己那经过妥协的人生里其实还有个不落俗套的灵魂。

在强尼 21 岁那一年，他遇上了与他心灵相通的导演蒂姆·伯顿。他出演了蒂姆·伯顿导演的《剪刀手爱德华》。《剪刀手爱德华》是强尼·德普的一道谶语，在此后的岁月里，他一直都是那个没有杀伤力却又与人无法接近的剪刀手，充满诡秘的魔力，那些排着长队等着他剪头发的女人当中有一个竟然在剪头发的过程中陶醉得脚趾痉挛……重看这镜头不禁让人想到那两个失去他之后去戒酒的女人薇诺娜·瑞德和凯特·莫斯。影片的结尾是剪刀手爱德华回到了孤独的城堡里，而强尼的年华也一直停留在 21 岁那一年了。那是即将或者刚刚进入社会的年龄，青黄不接，因为得重新学习待人接物，正站在男孩和男人的交接点上，虽然看到了面前的世界却还在做着少年的梦。

我们都看到，在 2006 年的奥斯卡之夜里，因为《寻找梦幻岛》获奥斯卡最佳男主角奖提名的强尼带着他的范尼莎坐在第一排，但是他跟那个场合产生的所有互动都显得那么的生涩，他并没有失礼，但是他无法融入，完全没有一个年过不惑的男人的练达。明星们的笑容、表情、姿势就像被复制的一样靓丽整齐，但镜头摇到强尼的脸上却像发生了剪辑错误。他对掌声或者提名的回应都有些许的迟疑和生硬，他的神情里永远都有一丝剪刀手爱德华的茫然和孤寂，仿佛他刚从城堡里走出来似的，让人心口隐隐作痛——这个孩子来了，世界将把他怎么样呢？

　　女人对他的爱有多少都覆盖在他的任性和少年般的执著上了啊。他的爱情故事里，不会听到财产公证、钻石、豪宅之类的元素，跟他一起的女人都有少女气质，包括现在的爱人范尼莎，她的脸上跟强尼一样不会出现世故的、应酬的笑，两个人都像假扮大人的孩子跑进了醉生梦死的 party。

　　强尼的爱情故事不论长短都是少男少女的爱情故事。谁都听说过强尼·德普因为与凯特·莫斯发生争吵，愤而捣毁了纽约一个每晚两千美元的旅馆房间，并因此被捕入狱的故事。人们都喜欢传诵强尼这一类的故事。这类事故，对其他明星而言，是负面新闻，对强尼来说这却是他的事迹。做强尼真好！英国和法国的媒体在年轻人中做过"世界最酷影星"和"全球十大最酷名人"的调查，强尼·德普总是位居榜首。至于最性感的男星榜上也总有他的大名，其实也得益于他的酷，因为他很少在电影里暴露他肌肉紧实的身材。

　　"酷"到底是什么？其实就是极其地爱惜自我吧，不迎合、不附和、不肯改变立场——对生存的不屑。强尼·德普几乎没有拍过纯粹的好莱坞大片，对此他的解释也就是"酷"的解释："有过一些那样的电影找过我，我没有接。我觉得那是为了钱出卖自己。你可以去拍，然后拿了钱走人，但你不会为之自豪。"

　　强尼对影片的选择基本上是两个依据：其一是导演，他接拍了五部蒂姆·伯顿的影片，这一点将来肯定也不会改变。其二是孩子气，他接的片子内容很多都带有少年的喜好——诡秘、恐怖、野、传说、另类。当年拍完《剪刀手爱德华》时，强尼就感到一种解脱，他说："我当时就对自己发誓，以后我只拍这种类型的电影，因为有一天我可以对自己的孩子说：'这就是我。这就是纯粹的我。我没有出卖自己，因为我不想让你们苦恼和尴尬。'那就是我当时想的，如果要干这一行，就要以我的方式干。如果失败，也要以我的方式失败。"你看，强尼的对错荣辱其实一直都是孩子式的，他在内心面对的自己也是孩子般的自己，所以他作的很多选择就是孩子的选择，纯粹、稚气，没有成年人的虚荣与得失。

令人安慰的是，在强尼·德普身上没有发生特立独行的人容易发生的悲剧，强尼的桀骜也似乎没有被磨损，他已经彻底地定型为永远的少年——只为孩子拍戏，只恋爱不用结婚。他和他的爱人、儿女像一个童话一样生活在法国南部的阳光里，为爱他的人们守护着失落了的青春和自我……

你终于被生活驯服
YOU ARE FINALLY TRAINED BY LIFE

野生野长的天才有野生野长的寂寞和脆弱，当他们被驯养社会接受之后就会变成驯养族群里半人半兽的异形，享受着白天的荣誉和快感以及深夜的孤独和失落，既然住在笼子里，就不要怀念森林里的快乐。

我不知道自己是否有资格说自己真的不喜欢美国，因为奥斯卡之夜一直是我每届必看的。其中一个最大的原因就是我可以在那几个小时里看到一个职业的尊严，一个即使是被成千上万的钻石和高级时装包装出来的尊严，但也是如假包换的尊严。就像悉尼·鲁曼特接过阿尔伯仙奴给他颁发的终身成就奖后所说的那句话："我有世界上最好的职业。"当然，这也是接受了生活的驯服之后才能获得的尊严。

当我看到踌躇满志的里奥纳多·迪卡普里奥在红地毯上接受记者采访时不禁有些酸楚，从早间新闻里，我已经知道他没有胜出。1997年他和凯特·温丝莱特都没有因为《泰坦

尼克号》得奖，他甚至没有获得提名，他没有出席第 69 届的奥斯卡颁奖。现在，这个眼神里永远都闪烁着一丝玩世和讥讽的孩子，像个好莱坞成熟男人一样带着女友而不是她的嬉皮妈妈正装出席了奥斯卡，此情此景就跟《泰坦尼克号》里他穿着借来的礼服从三等舱进入头等舱参加晚宴时的那副样子一模一样。

其实，没有获奖对有天才的他来说何尝不是一件好事。好莱坞从来不会轻易地将最佳表演奖给予一个桀骜不驯的孩子，这样的例子还少吗？好莱坞从不缺少天才，不乖的孩子就只能做领奖台下的看客。

在第 76 届奥斯卡颁奖典礼上，当肖恩·潘拿过最佳男主角奖时，那句领奖感言的开场白多么精辟："我们知道，其实所谓的最佳表演根本不存在……"当时，所有人在肖恩·潘领奖时都为他起立鼓掌，一个总是站在非主流电影队伍里的边缘天才就那样在一次主流的制作和操作之后终于被收编了。掌声的诱惑是无比强大和阴险的。他的前妻麦当娜无疑比他识时务得多，早就在主流的社会里生活得如火如荼，看到年近半百的肖恩·潘上台领奖，不知麦当娜是否会在内心冷笑："你还是来了。"

值得安慰的是肖恩·潘没有系领带打领结，衬衣的第一粒扣子吊儿郎当地敞开着，而且剃了个匪气十足的发型，他说："我不知道裘德洛是谁……"不管这是不是事先设计好的台词，但也肯定是为肖恩·潘量身定做的台词，作为一个野生野长惯了的天才哪里会关注一个高产的当红英俊小生呢？

不过，肖恩·潘还是耐心含笑地听完了由他颁奖的最佳女主角希拉里·斯旺克激动万分的超时感言。"我不知道我究竟做了些什么……"希拉里·斯旺克说。很简单，从一开始她就站对了队伍，选对了选题。作为第二次获得此奖的人来说，如果她记得肖恩·潘获奖时的开场白她就不应该这么激动了，她又一次地浪费了她的老前辈安妮特·贝宁的获奖感言，事后还得到了安妮特·贝宁的拥抱。难怪主持人洛克会拿大奖的失败者开涮："……当年宣布哈莉·贝瑞得奖时妮可·基德曼笑得非常夸张，嘴张得非常大，她的此种表演足可以为她赢来一座电视艾美奖奖杯。我想对妮可说，你要是在电影里的演技也有那么出色，那么你一定会得奥斯卡奖的。"

在好莱坞，你的演技至少要可以在残忍的幽默面前能够跟着大笑。想要从这个庞大的队伍里拿到小金人就得一刻也不能松懈地表演下去，按照它所有的规范，不管它以多么貌似自由的表象出现，你也得明白那都是它给你的。

但是里奥纳多·迪卡普里奥和凯特·温丝莱特都没有笑出来。他们还是有点像《泰坦尼克号》里那两个藐视头等舱的孩子，把头等舱当成一个贪玩的地方，而不愿对它毕恭毕敬、心服口服。笑吧孩子，既然衣冠楚楚地来了，就得学会礼貌地微笑，它给你什么你都得拿着，因为它有你想要的，而你不能只要你想要的那一样。

你看，连强尼·德普都乖乖地坐在最前排。天才都有天生单纯的一面，如果他知道获得提名只是一个游戏的开始，他会这样郑重地到来吗？他和他的妻子穿得好像从古城堡里走出来的幽灵一样，从他那古怪而又复古的穿着中还能闻出他骨子里剩余的野性，在他被身边的那个女人驯服之后，他也迅速被好莱坞驯服。但所有提及他的魅力的言辞却全部来自他被驯服前的一切，包括他那令人怀念的恋人凯特·莫斯，爱强尼的人都更爱凯特·莫斯，因为她没有把他变成现在的模样。好丈夫、好爸爸、好演员，却再不是好的剪刀手爱德华。

好莱坞喜欢天才，但必须是听话的天才。哪里又不是这样呢？每次镜头晃到强尼·德普时，内心都觉得不忍，就好像你看到自己梦寐以求的男人拜倒在你脚下时却有种隐隐的不安和失落那样，你反而感到你好像失去了他，那个梦寐以求的他。

在马友友的琴声里，当所有永远离去的面孔都在阵阵掌声里重又浮现时，马龙·白兰度的出现不禁让我潜然泪下，不是因为他的永远离去，而是因为他获得的最多最久的镜头和掌声，他终于出席了他曾拒绝出席领奖的奥斯卡。曾几度拒他于门外的奥斯卡也终于被他征服，好莱坞当然知道他们从白兰度那里得到过什么，也知道他们亏欠了他什么，他们永远地失去了他，却说他是他们的。在这一刻里，所有的人都可以看到自己跟生活之间的恩恩怨怨，如果你热爱自己也热爱工作，如果你热爱生活却不愿意被驯服！

美好女人

她的红唇是天堂的入口

GOOD WOMAN
HER LIP IS THE ENTRANCE OF HEAVEN

亲爱的，你要更美好
DEAR, YOU MUST BE BETTER

还记得我们在少女时看的那部电影吗——《水晶鞋与玫瑰花》。你一定不要忘记啊，热爱童话的女人都会拥有真爱的，温暖的爱情是人间的童话。看看这些美好的男人，他们就是童话里的王子啊。你一定能拥有这样的爱人的，他会出现的。

你要美好。当现实就像灰姑娘的后母一样残忍，你，要美好。当你爱过的人，像灰姑娘的姐姐一样无情，你，还是要美好！你要坚信，美好是一种坚强的品格，它，不准许被摧毁，不准许被扭曲。灰姑娘在困苦的生活中对人、对事都能善良，你要像她，要为那个真正有力量深爱你的男人保持你的美好，你要更美好！美好才会使你们更加靠近。他，正向你走来。

你还要坚强。如果受伤，就让那个伤害走开吧，就像你爱的时候那样温顺地，让他走吧。不要紧握那稀薄的感情，爱是人生的盛宴，是值得你锦衣夜行、穿过无数个痛楚和孤独的夜晚去赶赴的一场不散的筵席。不要责怪他人，他只是不习惯那么美好罢了。

你要等待。擦干眼泪，淡抹胭脂，去工作，去读书，在每一个忧伤袭来的时刻，去想象一朵洁白的小花。没有色彩的花总是芬芳，想一想，为什么上苍没有把颜色与芳香放在同一朵花上？芬芳才是花朵的真谛。

白雪公主的单纯，海的女儿的崇高，拇指姑娘的善良，这所有的美好，都为了成就她们自己。

你还记得那个结尾吗？《水晶鞋与玫瑰花》的结尾，灰姑娘对她的后母说："幸福使我饶恕了你。"

记住这句话，神从来都是公平的。

永远的爱人
ETERNAL LOVER

　　爱人，这是一个多么深情的称呼，它比梦中情人更纯粹更超脱。

　　爱人，是终其一生都无法谋面的一个向往，是一次次得不到回应的呼唤，是魂牵梦萦醒来之后的那声惆怅的叹息，是香消玉殒后永远的不死……是时间和他人无法超越和替代的经典，是恍恍惚惚的浮生里永恒的惊鸿一瞥。

　　黎明在电影《甜蜜蜜》里曾说："只要有中国人的地方就会有邓丽君。"这是的的确确的中国常识。邓丽君，她是最甜美的中国女孩，也是最完全的中国女孩。她的样子是家常的，却又遥不可及的完美，是白皙细致的、温柔聪慧的、款款深情的，古典与现代的不断结合。

　　在度过了漫长的、灰色无味的年代之后，邓丽君曾是我们生活里第一道妩媚而微弱的霞光，她曾使多少懵懂的少女领悟了一个女孩可以有的婉转声音，她曾抚慰过多少疲惫黯淡的心灵，那些心灵在整个青春里都没有享受过任何生命的欢愉。十多岁时曾听一个知名的女诗人这样说："就算整个世界都毁灭了，只要有邓丽君的歌我就还能活下去。"当时颇为诧异，但很多年过去，这个诗人留在我心里的居然不是她的诗而是她的这一句话。

邓丽君的许多歌其实很是世俗，从歌词到调子都是平常凡俗的。所以，从艺术和纯音乐的角度去评价邓丽君是牵强可笑的，这也正是邓丽君让后人无法超越的地方，因为只有她可以让许多没有艺术生命的情歌小调在她千回百转的声线唱腔里永存了下来。对于一首歌的存在，还有什么比令人百听不厌更重要的理由吗？

邓丽君，她是中国人永远珍爱的记忆，她是游子心里温情的小城，是朝朝暮暮的温柔，是永别的寂寞里一次又一次更深地靠近，是我们万般不舍的爱人！

苍老是一个误会
OLD IS A MISUNDERSTANDING

　　在 MSN 上，水瓶座的小男生上来就发来一个链接，标题是《看十大美女如何苍老》。照例说，这样的主题一般人是不会发给年过 30 的女性的，很多人受不了水瓶座的男生就是因为这个原因，觉得他们无厘头，不可捉摸，但是我觉得瓶子颇为有趣，至少不世故。说实话，那些美女真是保养有方啊，可是瓶子说："你看李嘉欣给欧莱雅做的广告，虽然脸是年轻的，但是声音却老了……"最好玩的就是那些照片的文字评论，充满了幼稚的叹息，比如："林青霞往日秀美的脸如今已经爬满皱纹。"拜托，看看身边 50 岁的女人脸上有几个有那么美丽的皱纹？

　　我对瓶子说："国外很多一线的时装品牌聘请的代言人都是 40 岁左右的女明星。用法国人的标准来解释，这样的美丽才是可靠的美丽。"瓶子在那边叹口气："文化不同啊。"瓶子的悟性很高的，要是碰见巨蟹座，看到这链接就该生气了，太敏感。

我准备发个链接给瓶子——"世界上最美的女人"。环球在线消息这样说："著名女性杂志《EVE》日前评出了世界上最美的女人，出演《欲望都市》的著名演员克莉丝汀·戴维斯以最多的票数被评为世界上最美的女人，她今年已经41岁了，顶级美女十强中的所有女士年龄都在31岁以上，这证明女人年龄增长了，同样会变得更加美丽动人。"的确，我们的审美习惯是美丽都有上限，不可超龄。所以，原本令人惊叹的美在东方人的眼里会变成完全的反面。西方人能读懂岁月在一张脸上雕刻出来的韵致，而东方人则只看到皱纹。

为庆祝自己即将到来的72岁生日，意大利著名女明星索菲亚·罗兰将为著名月历杂志《PIRELLI》拍摄2007年的裸照。《PIRELLI》是当今世界上最受欢迎的月历之一，主要刊载著名模特的裸照，创刊30年来捧红了许多明星。

索菲亚·罗兰在自己50岁时曾说："我已经50岁了吗？我觉得这是个误会。"她的儿子40岁生日时，她说："他在产房的日子仿佛就在昨天……"这样的妙语，是不可能发生在东方的，你才刚过30岁，身边的一切就都跑来提醒你，你老了。看到索菲亚·罗兰为《PIRELLI》拍摄2007年月历裸照，觉得她实在是世界上最幸福的女人。显然，从没有人告诉她，你真的50岁了，你已经老了，你今年72岁了。

幸亏我们还有索菲亚·罗兰，让我们知道苍老原来可以是个误会。因此，每个女人都没有理由不善待自己，只要把70岁拍裸照当成一生的理想，就会有足够的意志力来保持窈窕。我在网上看见索菲亚·罗兰躺在两个摄影师镜头下的模

样，仍然一头蛇发，风情万种。美丽，有时是一种赢得尊敬的方式。

如果时光可以倒流到 18 岁，我会很真心地决不回到过去，我烦死了那个没有爱情、没有空间的青涩岁月，以及单纯而缓慢地成长。我最喜欢未知而丰富的将来，我相信有生命就有奇迹。

精灵之舞
DANCE OF FAIRY

　　每个女人的灵魂里都住着一个舞蹈的精灵。当她们还很小的时候，只要有音乐便会跟着起舞。有的精灵会跟着她们长大成人，有的精灵因为缺少节奏而陷入沉睡，有的精灵则悄无声息地离开了……

　　每个女人的生命里都会有一支难忘的舞。那支舞会将你的生命拔地而起，提升到诗意和梦想之中，在那一刻，你只有音乐，只有旋转，只有翩跹地、翩跹地盘旋、上升……

　　《黑暗中的舞者》里有个经典的精灵，那个又穷又瞎的茜玛。当她工厂的机器响起时，她便开始做梦，在梦里，她总是在跳舞。她窘迫困苦的生活因为她心中的舞蹈而焕发出诗意。"有音乐我就会跳舞。"她说。姿色平平的冰岛才女比约克将茜玛演绎得灵肉合一，当她沉浸在心灵的舞蹈里时，她脸上灿烂的笑让人无比地酸楚。

　　《教父》是在女儿的婚礼中拉开序幕的，那个婚礼的重点就是等待教父从幽暗的大屋里走出来，不动声色地走到女儿的面前，跟身着婚纱的女儿雍容地起舞……那个婚礼一直到他出场，才响起掌声。在掌声里，音乐响起，他拥着女儿起舞，他的女儿幸福地用双臂搂住了父亲，女儿的婚礼才算完成。谁也不知道他刚刚正在谋划什么残酷的事，他做的一切仿佛只为能在阳光下为女儿举行丰盛的婚礼。这是教父最温情的一面，他给了自己的女儿。

《魂断蓝桥》里，当玛拉跟着罗伊回到他的家乡时，在欢迎她的舞会上，罗伊的叔叔作为家族的权威邀请玛拉跳了一支舞。在那支舞里，善良的叔叔把玛拉所需要的荣誉都给了她。

《茜茜公主》和《安娜·卡列尼娜》里都有一支令人意外的舞，茜茜公主和安娜都接受了原本不属于她们的邀舞，从此她们的命运都发生了彻底的改变。

在《廊桥遗梦》里，那支烛光下的慢舞虽然没有最终将一个家庭主妇拉出家庭，但是在随后的半生里，她至死都没有忘记那起舞的时刻，因为那一刻她灵魂里的精灵又重新回到了自己的身上。

当你面临生命中起舞的那一刻，你的精灵还在吗？在优美的音乐里，优美的舞姿是多么重要。我喜欢那些与精灵同在的女人，我欣赏那些体态中包含有音乐性的女人。她们总是能听到空气中的音乐，总能于飘香的时刻在内心起舞。

学校的舞蹈老师永远是女生们的偶像。她不年轻了，她一点都不漂亮，戴着一副眼镜；听说就是因为过于近视，她才没能成为舞蹈演员。但是她仍然能让人心甘情愿地崇拜她。每个女生都想模仿她走路，她走路的样子是那么轻盈、高傲。

不止一次地，我嘱咐自己，长大了一定要记得这样走路！

"不管谁在看你，走你的路！不要去看他，不要回头！"这是舞蹈老师重复得最多的话，其实这句话让人受用终生，以至于自己后来被人批评走路不理人时，我会把它当成对我的表扬。"肩膀！肩膀！"她极其严厉，我们用了很长的时间才找到让下巴与肩膀处在同一平面的感觉，才找到如何不让肩膀表现出紧张的诀窍，这是一种感觉，只有等你找到这种感觉时你才会发现走在人群里的不同。在老师的概念里，如果不掌握这个诀窍，我们就一辈子都是丑小鸭。我认为，自己整个的小学教育里最有用的部分都是舞蹈老师给的。

去上瑜伽课，也会跑到其他舞蹈课堂去试跳。老师都会问："学过舞蹈吧？"这是我真正爱听的一句赞美，其他，都是虚妄的。因为人首先得寄居在身体里，身体的协调才是一切协调的基础，身体的从容才是一切从容的开始。以貌取人不是没有它的道理，一个对自己的身体都没有悟性的人永远都处在毛手毛脚的蒙昧状态，谈何优美？

当生命中最重要的一刻来临时，不要犹疑，你完全可以掌握那决定性的一刻——假如，你果真看见了意中人，那么，伸出你的右手，掌心朝下，食指微抬，拇指与手腕略压，右臂要直而不僵，伸过去，向着你的意中人，用眼神告诉他：我们来跳这支慢舞。就在这支舞里，他必为你倾倒。相信我，没有人能不倾倒——面对精灵之舞。

蓝海的一生
TOPNOTCH LIFE

　　Chanel 的翻译有两种，香奈儿或者夏奈尔。我喜欢她被叫做夏奈尔，"香"的确很法国，香榭丽舍、香颂……是个很法国的吐音。但是夏奈尔更适合她，她的一生，是生如夏花的一生。怒放怒放再怒放，始终是拼却的姿势，不停地锻造着自己，从未放松下来，唯一的一次从容便是死去的时候。她说："看吧，人就是这样死的。"说完安静地死去。

　　夏奈尔用她的一生对我说："你必须爱我。"尽管她并非我原本崇尚的那一类女人，但我已经感到爱她的必要。请读读现在排行前四名的时尚杂志，有哪一本的哪一期是绝对没有出现过夏奈尔的芳名的？我们一季又一季的时尚选题不由自主就会说到夏奈尔，仿佛她是一切的源头和例证。这一季的条纹，夏奈尔在 20 世纪 30 年代就做过了，她自己还穿着那样的条纹衫坐在船头，一时成为上流社会争相模仿的形象。我们常常挂在嘴边的国际化简约，她的套装之所以经久不衰

就是因为创此先河，简单是 Chanel 风格的本质。她很早就说："奇装异服的女人看起来不会高贵。"这也是她品牌的耐力。

卡尔·拉格菲尔德能坐稳时装界的 No.1 可以说就是拜夏奈尔所赐，不论是 Dior 还是 YSL，都已经因为时代变更偏离了创始人的格调，唯有 Chanel 仍然可以是 Chanel，夏奈尔的格调是永恒的，你永远可以一眼把她认出来，她所做的都是时装界的"蓝海"。无领的对襟套装、长而大的假珍珠项链、放弃腰线的针织衫，还有被时装杂志一再重复的出自香奈儿的真理：提高正面腰线让人看起来高点，降低背面腰线增加背面层次让下垂的臀部看起来不那么明显……夏奈尔从一开始就懂得用精良的结构来比拼变幻莫测的款式，现在，已经看不到有人穿她的死对头 Dior 的成名作了，但却还是可以看到活脱脱的 Chanel。

再看看如今那些让男人迷恋女人服气的封面女郎所做的事，有哪一件事是夏奈尔没做过的？成功的奋斗史？夏奈尔 30 岁时已经立足康朋街；42 岁还遭到西敏公爵的求婚，而且没听说过要她签婚前协议；45 岁时与她一起打猎的人中有丘吉尔，爱德华八世是她的朋友；55 岁与萨尔瓦多·达利晚餐时鬓角还别着一朵花，完全没有衰败的气象。这一切她仅凭一双会做帽子的巧手和过人的智慧。

姐弟恋？二战结束时，法国"整肃会"逮捕了 58 岁的夏奈尔，因为她那小她 12 岁高大的德国金发恋人。她却说："以我这种年纪，有机会交男朋友，难道还要先看他的护照吗？"她被当即释放。夏奈尔的一生，似乎从未遇人不淑，因为她懂得挑选欣赏她灵魂和心志的男人来做她的爱人，她的一生从未缺乏过爱情。

　　1940 年，巴黎的丽晶饭店飘着纳粹的旗子，康朋街 31 号的夏奈尔店里挤满了德军，他们把那里的 Chanel 5 号抢购一空，包括印有双 C 的展示空瓶，那是他们可以带回德国向人们炫耀来过巴黎的证物。难闻的 Chanel 5 号香水至今畅销无阻，只因人人都想拥有夏奈尔"蓝海"的一生。

历史，在时尚的背后隐隐作痛
THE HISTORY BEHIND FASHION

　　终于，几乎所有的中国人都因为《人间四月天》知道了林徽因这个名字。可惜的是，这是在经历了太久的无声无息之后。更遗憾的是，她最后是通过电视剧这样一种快餐的形式被人知晓的。也终于，很多人有了兴趣议起这样一个名字里所包含的所有意味。但不幸的却是，历史的真实性以及那真实性中所囊括的精神财富、文化底蕴和人格魅力，被一些无谓的感慨和莫须有的揣测所掩盖了。林徽因，对仅从电视剧中与之相识的观众来说仍旧十分遥远。

　　就像我们曾经经历过对钱钟书、沈从文的热潮一样，我们是否将经历林徽因热潮？前者所幸的是，当他们突然被动地成为一项时髦时，他们仍与他们的作品同在，而后者的不幸却是，不仅生命太过匆忙地逝去，而且还一直生活在大多数中国人的认知和记忆之外。当她同样突然地成为一种时尚时，她作为一个拥有一流学问的卓越学者及其极具风采的人格魅力可悲地被明星模式化的肤浅理解演绎得严重走形。

对林徽因的再度关注其实有很多更恰当的切入点：中华人民共和国国徽及天安门人民英雄纪念碑的设计，对濒于灭绝的景泰蓝工艺的抢救及新工艺的改造，对素不相识的年轻人才不遗余力地鼓励扶植，在朋友中非凡的凝聚力和患难时从不减弱的热情，或许这些才更能让人体会到林徽因令人激赏的才情和终其一生的高贵人品。难得的是，她同时具有超凡脱俗的美丽，也许，不幸就在于此，时尚的制造者抓住了最"出戏"的一点，而忽略了林徽因作为中国历史上一个文化精英所具备的大智大慧和作为一个名门之后的良好禀赋与大气。

美丽女人的故事常常就是爱情故事的同义词，而林徽因绝对是一个例外。她有别于杰奎琳·肯尼迪和戴安娜这类明星式的名女人，她的一生不带任何表演性，她的一生最注重的是在事业上的创造性和对祖国的奉献，她是一个彻底的知识分子，她从未停止过对知识的求索和对工作的狂热。在经历着战争的动荡和生活的贫穷时，她也仍旧保持着自己独特的精神生活，她是一个"真正的绝代佳人"（文洁若语）。她有一切令人倾慕的理由，但她首先得到的总是尊重与欣赏，在她周围，曾聚集过多少杰出的人啊！而林徽因的魅力从未因年龄的增长、生活的琐碎、健康的损坏而减少。

如果她一定要做爱情故事的女主角，她只能与梁思成紧紧地傍依在一起。"他们两人合在一起形成完美的组合……一种气质和技巧的平衡……一种罕有的产生奇迹的配合。"（查理斯语）如果她一定要有人倾慕，也只可以与金岳霖这种真正的君子相提并论。因为他们三人具有完全一致的品德和修养，梁思成对林徽因的信任及金岳霖对林徽因的虔诚正是她自身人品与尊严的力证。至于徐志摩，"他对梁家最大的贡献就是引见了金岳霖"（费慰梅语）。可以说，当别的女人得到徐志摩的激情时，林徽因却拥有了他永远的敬重。

林徽因，举手投足，一言一行，已是历史上一个名副其实的经典，是不须再创作、不必再夸张渲染的艺术形象。她的一生，从没有过自私、庸俗和蒙昧，她天生就该是被赞颂和爱戴的，只须你还她以真实的原形足矣。

时尚的制造者令人痛惜地忽略了一段历史珍贵的真实价值和那个历史族群的深度。当他们制造浪漫故事的时候，他们不知道，历史，正在时尚的背后隐隐作痛，而当迎合市场的杜撰在创造利润的同时，却令一笔真正的精神财富造成了无法弥补的浪费！如果我们满足于短暂的视觉享受和粗浅的神经冲击，那么我们也正放弃着人类永不能停歇的进化。

猫步女王
QUEEN OF CATWALK

　　凯特·莫斯只"正经"穿过一回衣服，就是 2004 年 3 月在白金汉宫举办的"卓越女性"午宴活动上，她与各界成功女性一起亮相，并得到了英国女王的接见。凯特·莫斯站在 J.K. 罗琳的身旁，喜笑颜开地跟女王合影。那一天，凯特·莫斯把她以凌乱美著称的头发一丝不苟地盘在脑后，穿着宝石蓝的小晚装，还难得的裙长过膝，可是，她的裙子居然跟女王当天的着装同一个颜色，在刻意规矩的时候凯特·莫斯也有惊人之举。这就是属于她的宿命吧。这个撞色，可以说是女王与女王的撞色，谁不知道，凯特·莫斯是世界公认的"猫步女王"。

　　凯特·莫斯是世界十大模特之一，在这个顶级排行榜里，她有不少独一无二之处。作为超模，她的身高只有 1.69 米，与她齐名的辛迪·克劳馥的腿就有 1.2 米长，而凯特·莫斯的腿还有些 O 形，这是全世界都知道的事实。可是她从 18 岁为

Cavin Klein 做产品的代言人到今天已经红透十多年，创造了横跨数个"超模"年代的奇迹，却至今都无衰败迹象。尽管失恋和强制戒毒事件曾使凯特·莫斯的事业出现过两次低谷，但是她所有的特质总能使她死而复生。

23 次成为《VOGUE》的封面女郎，这不仅代表凯特·莫斯的人气，还表明她拥有的"死忠"指数。翻开高端时尚杂志，你会看到至少有四家顶级品牌的代言人都叫凯特·莫斯。LV 让她一次拎着两个包，因为只有她才能祛除它拥有多金顾客群的形象；Dior 也在她肩上放了一款当季主打肩包，John Galiano 内心的狂野只有她足以表达；还有 Versace，这几年最爱起用中年女性做代言，凯特·莫斯自然成为本季不二人选；至于 Burberry，一向外表冷漠的内热型英国人，已经扬言凯特·莫斯是 Burberry 不可或缺的构成。

说句实在的，凯特·莫斯做的这些代言，对它们真是一种抬举，它们没有的，她都给弥补了。凯特·莫斯的品位不仅提供了风格还提供了生活哲学，简约与自由精神的结合，而这些都来自她"坚强的内心以及过人的聪慧"。在这天马行空的新世纪，只有不羁的凯特·莫斯拥有经历一切之后仍不肯沧桑的脸。

最后的淑女
THE LAST GENTLEWOMAN

　　她的皓齿非常之美，尤其在她开怀大笑时，你都找不到一点瑕疵，让人领悟那是来自优渥的、规范的、一种属于淑女生活的特质。就像她的美，不惊人，却有经得起推敲的许多细节，真实、动人。她以明星最安静的方式引人瞩目，欣赏她所获得的是一份万丈红尘里难得的静美。但她并不是传统意义上不苟言笑的淑女，她是浪漫、多情、有温度的，她也是有分寸、执著、极其讲究的……在这疯狂的世界里，你可以从她身上找到合乎时宜的现代气质，也能发现那坚定不移的典雅情怀。

因为执著而幸福

　　没有人能预测这个世界的欲望到底有多深，生活总是能被数不尽的美色所充斥。一轮又一轮的"十大最美"不断地当选，那些熟悉的艳丽面孔来来回回地调换着名次，唯有这次，出现了让人颇为意外的队形。在欧洲著名女性杂志《EVE》2006年举办的"世界上最美的女人"的民意调查中，获得最多票数的竟然意外地是一个从没进入过这些排行榜的女人——克莉丝汀·戴维斯。

克莉丝汀·戴维斯1965年在科罗拉多出生，双鱼座。当她还是个孩子时父母便离异了，她的母亲再婚以后跟随当心理学教授的丈夫搬到了南卡罗莱那州。后来她进入了罗格斯大学，毕业以后搬到了纽约，开始在戏院工作，参加古典和现代剧的演出，也包括一些商业广告。她的命运一直到1997年都还是平淡无奇的，对一个未成名的演员来说，表演也只是跟任何工作没有区别的一个职业，除非，能够大红大紫。

已经41岁的克莉丝汀·戴维斯演过的角色可以说很少，但《欲望都市》里的夏洛特·约克让世界记住了她，她也因此获得了艾美奖和金球奖提名。所以，可以说人们眼中的克莉丝汀·戴维斯其实就是《欲望都市》里的夏洛特·约克。《EVE》杂志主编塞勒·克里莫的评价足以证明这个事实："克莉丝汀的自然美与她的荧屏表演风格相结合，让她成为一名独特而有内涵的女人。她浑身流露出的性感丝毫没有折损她的聪明才智和独立的个性。"

我们无法想象，还有谁能比克莉丝汀·戴维斯更像夏洛特·约克，她的胜利其实就是夏洛特·约克这样一个角色的胜利。因为克莉丝汀·戴维斯本人的生活既没有经历过惊涛骇浪也没有万丈光芒，参加评选的4000名读者可能情愿相信克莉丝汀·戴维斯真的有着与那个爱护自己羽毛的夏洛特·约

克一样的活法，并且跟夏洛特一样绝不肯为了追求理想而向时代妥协，也不肯肆意疯狂……然后，她们也一样都迎来了自己生命的美满。

评选者愿意将手中这一票投给克莉丝汀·戴维斯，是因为她们愿意相信克莉丝汀演绎过的角色也会发生在现实中。要知道，排在克莉丝汀·戴维斯后面的既有事业婚姻都如意的凯瑟琳·泽塔琼斯，也有比她年轻性感的安吉丽娜·朱莉。但是人们还是更愿意去欣赏一个平凡些的女人，因为她代表了一个因执著而幸福的形象。每个人都希冀幸福，但不是每个人都能因为坚守信仰而得到幸福。这就是克莉丝汀·戴维斯获得第一名的意义，她与夏洛特·约克是合为一体的。

坚持淑女的忧伤

在《欲望都市》里，夏洛特·约克有得体而又乐观的罗曼蒂克的外表，她精神上明显的洁癖也使得她有不同寻常的可爱气质。她总是希望能够用最有教养的步态走过自己的一生。看到夏洛特，就想起中世纪的女人们，她实在是应该出生在那个时代，既然生儿育女是她的人生目标的话。她喜欢拥有规范的小环境，她努力地经营着自己的生活，尽力避开那些粗俗的人事。在四个女友的聚会中，她总是那个维持"秩序"的人，提醒大家不要将那些很隐私的话题喧哗出来。当女友把很隐蔽的词汇口无遮拦地说出声时，她总是唯一一个皱眉头的。

她念念不忘自己受过的教育，也给自己制定了许多规则，但是生活的粗糙还是免不了摩擦到她，一个淑女时代的结束就是因为生活给了粗暴越来越多的理由。她很自然地让我们想起自己的周遭，做一个现代淑女是多么多么困难。

夏洛特为了进入犹太人的世界而放弃了原来的宗教信仰，使得以后的生活里连圣诞节都没有了，看起来她失去了许多，但其实对她是一个无比正确的抉择。因为规范的生活圈子才是最适合她发挥的空间，淑女是没有必要去领略外面世界的精彩的，精彩里更多的是惊险和磨砺，淑女更需要平静和优美。

那个执著的犹太男人哈里就是为夏洛特这样为数不多了的淑女塑造的，幸亏他们没有错过对方。看到她终于嫁了哈里，还真让人松了一口气。她终于可以对外面的世界退避三舍了。有了家，她给自己的种种规范也不让人觉得做作了，淑女在大环境里都不会得到应有的尊重，因为她衬托了别人的粗俗。夏洛特终于拥有了自己的小王国，也结束了一个淑女的艰难。

但是在她即将结婚时，有这样一幕，还是表达她内心无限的遗憾——凯瑞因失恋想去酒吧吸大麻，其他两个女友兴奋地响应说："你上一次吸大麻是什么时候？"只有夏洛特说："我从没吸过大麻。"然后在醉生梦死的酒吧里，她看着无名指上完美的求婚戒指多愁善感地说："我不喜欢自己是第二次戴上婚戒，我不喜欢自己是第二次结婚……"她是如此地追求纯洁的理想人生，只可惜她生错了时代，可是她还是保持了一个淑女的忧伤，克莉丝汀将这一幕演绎得无与伦比地动情逼真。

194

我们发现现实中的克莉丝汀几乎跟《欲望都市》里的夏洛特一样总是有着得体的模样，她永远都是自然的棕发女郎，穿着也很女性化，既摩登有活力，又文雅甜美。她有着双鱼座多情浪漫的眼神和笑容，她的牙齿保养得那么美好，年过四十的脸上没有什么沧桑和阴影，就像从真正的淑女生活中走出来的女人那样完好精致。克莉丝汀坦言自己最好的美丽忠告来自她的母亲，母亲教会她"怎样保持自然美"。在西方，人们很喜欢从一个女人的母亲身上去寻找这个女人的底蕴，因为有底蕴的美是有着某种根基做保障的，显然，克莉丝汀的韵致是有缘由的。

克莉丝汀·戴维斯所获得的"第一"，也许很快又会被新的美丽所替代，但是我们却不能忘怀她的当选曾带来了美好清新的含义。也许，克莉丝汀·戴维斯就是无数美好女人心中的自己，那些在粗糙的岁月里坚持着淑女情怀的女性，在克莉丝汀·戴维斯的身上看见了自己前途的曙光。正因为有这样一个克莉丝汀·戴维斯，使得她们相信自己有朝一日也会迎来自己的美满人生，只要坚持下去。疯狂的世界也许有更多的精彩，但是能在疯狂的世界里做一个淑女才是最有能量的体现。

我有权埋没美貌
I HAVE THE RIGHT OF BURYING BEAUTY

　　我对于真正才貌双全的女人一向心服口服，我愿意信赖她们所信赖的，因为，我相信那些天生没有缺失的人也天生就能比常人有着更高的追求……

　　在黛安·阿勃丝的葬礼上，她的朋友悄声说："唉，但愿我也能成为像黛安这样的艺术家！"这个愿望立即遭到了反驳："你永远都成不了！"那句残酷的反驳是对黛安·阿勃丝最有力的赞美。

　　要成为黛安·阿勃丝那样的艺术家需要有天生的勇气，否则她怎会被称为"摄影界的凡·高"？黛安认为"只有贵族才具有天生的勇气"。作为一个犹太贵族家庭的后裔，也许，她早就感知了自己身上的勇气。当她以金发碧眼的形象出身于一个衣食无忧的富商家庭时，就是这种天生的勇气使她孤独地走上了一条完善她的艺术的道路，寻找着属于自己的帝国。当她的父母以为她最终会嫁给一个既有钱又有社会地位的人时，她却开始了全面地反叛。用她非凡的直觉和才华让我们看到了无数直逼灵魂的、充满诗意而又奇异的世界——她的帝国！

即使在毫无修饰、头发极短的时候，黛安的美也是经得起挑剔的。我更喜欢看她在怀孕时给自己拍的照片，我欣赏她裸露时的那份超然。俗物是生就的，脱俗也是生就的。

由此我想到了林徽因，金岳霖曾经送他们夫妇一副对联："梁上君子，林下美人"。林徽因的反应是："什么美人不美人的……"这就是她，玩命地工作，发着高烧也要谈文艺，躺在病榻上还要给学生讲课……她那个年代最流行的高雅生活莫过于做少奶奶，有谁会比她更有资本呢？假使她没有事业，她也可以成为梁家的媳妇，也许还不会那么早逝。

在我们看来悲情与充满惋惜的选择对她们却像是注定了要去完成的使命！

"我已经上了年纪，有一天，在一处公共场所的大厅里，有个男人朝我走过来。他在作了一番自我介绍之后对我说：'我始终认识您。大家都说您年轻的时候很美，而我是想告诉您，依我看来，您现在比年轻的时候更美，您从前那张少女的面孔远不如今天这副被毁坏的容颜更使我喜欢。'"

这是杜拉斯在自己的小说《情人》中的开场白，这时她已经老了。我无法复述当自己还是少女的时候，第一次读到这段文字所受到的心灵震荡。我想杜拉斯所创造的关于一张脸上的美丽是所有文学作品中最有穿透力的一种美丽，这段文字中的脸是需要调动灵魂方可理解的。也许，只有叶芝的诗句能够给它完美的诠释——

当你老了，头发花白……

多少人爱过你青春的片影，

爱过你的美貌，以虚伪或是真情，

唯独一人爱你那朝圣者的心，

爱你哀戚的脸上岁月的留痕。

《情人》中那个开场白中所包含的意象就是来自叶芝的
这首著名的诗《当你老了》，我想象着，这首诗给予杜拉
斯的触动跟日后她在《情人》的开场白里给我的震荡是一
样的。

杜拉斯是典型的法国女人，她身上有法国女人静谧的疯
狂和对自己美貌的漠视，这就是最法式的女人气质，它跟美
国女人身上那种势在必得的自信所带来的美丽是截然不同
的，因为她们太以美貌为傲了。杜拉斯所塑造的美为女性提
供了两个永恒的情结：被毁坏的容颜更美以及如何获得这个
美。因为她，美丽变得深不可测起来，美丽原本就是深不可
测的。

西半球最时髦的女人
THE MOST STYLISH WOMAN IN THE WEST

当西半球最时髦的女人米兰达·普里斯利终于愿意看你一眼时，原因可能是如下几点：

第一，你太胖了。要知道，她给超模的评语永远都是"胖"，不过她捧红了无数超模，她的理论就是："凭什么名流比名模更重要？我对富婶和名媛不感兴趣。"做米兰达的员工就必须瘦、瘦、瘦，像超模那样高挑苗条。

第二，你的头发虽然挽成了一尘不染的发髻，却没有制造出松松的随意感觉；你的指甲虽然涂了指甲油却未经妥当保养；你在48小时之内没有剃过腋毛；或者你的内衣肩带露出来了，你的手表是个普通的牌子……做米兰达的员工就必须精致到每个细节。

第三，你没有穿高跟鞋。对她来说两英寸高的鞋跟几乎算是平底鞋。如果你穿曼诺洛斯透明细带高跟鞋还勉强过得去，或者赶紧去换上有骆驼毛的吉米·丘凉鞋，否则你就等着听她说："它们让人无法忍受。我的姑娘们必须要代表《RUNWAY》杂志，你的鞋子不是我想要向人们传递的信息。"要记得，一旦你得到了为米兰达工作的机会，你就不再有自己的审美，首要任务就是学会穿四英寸高的鞋子优雅地走路。

第四，你忘了著名的时尚杂志《RUNWAY》编辑部就在眼前，而你竟没有为她开门，你要习惯她是不会说"谢谢"的……她也不会记得你的名字，当她朝你喊出别人的名字时，你要立即答应……替她买咖啡的时间又到了，她要永远适温的咖啡，否则你就得永远往返于星巴克和编辑部之间，穿着代表《RUNWAY》品位的细高跟鞋子，还得不断接听她催促的电话。

在《RUNWAY》编辑部工作的人可以根据被米兰达·普里斯利盯着看的时间长短来判断自己是否胖、丑，以及打扮不当。这个苛刻的主编就是已被拍成电影的《The Devil Wears Prada》（《穿普拉达的女王》）中的女主角，电影改编自同名小说《The Devil Wears Prada》。小说的作者曾经在美国版的《VOGUE》编辑部工作。而这部尚未公演就被宣传得沸沸扬扬的电影之所以引人注目，是因为有传言美国版的《VOGUE》主编安娜·温特就是米兰达·普里斯利的原型，她们一样都是伦敦口音，都没有上过大学，总戴黑色墨镜。

其实，米兰达并非如书名所指只穿 Prada，在她的办公室里起码有 25 条裙子，其中的品牌有法国的赛琳娜也有美国的卡尔文·克莱恩，还有德拉伦塔……她还为自己挑选亚历山大·麦克奎恩的套装和巴兰西亚加的裤子，而她最常穿着的是 Chanel，就跟现实中的安娜·温特一样。她还用 Gucci 钱夹，

Fendi 手提包，以及每天必需的爱马仕白色丝巾，这些丝巾才是她真正的标志性招牌，她总是一次买进 20 条。倒是她身边的助理，经常穿点 Prada。

听说已经有时尚杂志的主编将《The Devil Wears Prada》奉为自己的圣经，毕竟，美国版《VOGUE》的成功有目共睹，能使《VOGUE》在无数杂志中成为翘楚的功绩是不可磨灭的，此种才华不是人皆有之。只是，希望被学习的是"女魔头"在时尚里让人趋之若鹜的上好眼光和独到的格调，而不是冷酷、无礼的比香奈儿还臭的坏脾气。

素食时尚
FASHION OF VEGETARIAN DIET

在斯特拉·麦卡特尼（Stella McCartney）的品牌秀场，第一排坐着的必有她的父亲和密友，比如深谙穿衣之道的格温妮丝·帕特洛。麦当娜举行婚礼时，穿的就是她设计的婚纱。远嫁到英国的这两位明星，都懂得用斯特拉·麦卡特尼当做与英国磨合的润滑剂。因为，她是英国年轻女性最为嫉妒的女人，上苍赐予的和她自己拥有的都太美满。只要回忆一下她的那场毕业表演秀，就知道这种嫉妒里有多少让人向往的温馨。母亲和父亲亲自到场，名模凯特·莫斯为她的设计走秀。

她无需美貌，上帝已经给了她一张跟她父亲保罗·麦卡特尼（Paul McCartney）一模一样的脸与眉眼，离不开音乐的英国人，同样也笃信血统。她有艺术家的天赋基因，更幸运的是她的父母十分相爱，家庭的温暖给了她最健康的心理、性情以及顺利地成长。这一切都不是英国中央圣马丁艺术与设计学院可以给予的。现在，她所获得过的温情已经开始从她的设计中越来越明显地展露出来。

看看她的设计，你会发现一个更加从容不迫的斯特拉·麦卡特尼，她已经走完了 Cholé 时期的跳跃和浪漫，那种带着锋芒和挑战的才气已经转换到骨子里，也使你从设计里看到一个骨子里的英国。元素单纯，结构扎实，色彩典雅又有让人兴奋的独到，在细微处令你暗自一惊。很难说，未来的英国，斯特拉·麦卡特尼不会成为一流的大品牌，她具备一个地道的英国名牌所需的起点，通常，起点里才有不可更改的灵魂。

斯特拉·麦卡特尼跟父亲一样一直保持素食，并且还牢记了母亲的遗愿，成为彻底的动物保护者。她的设计里拒绝一切血腥，因此，在鞋和皮包等配饰里她从不使用皮革、皮草，这大概也是她当年拒绝加盟 Gucci 的原因，直到 Gucci 提出以她自己的名字命名新品牌，于是就有了品牌斯特拉·麦卡特尼。

她所有的作品都只用再生纸来包装，即使是以她自己的芳名命名的第一款女香，也是用朴素的再生纸做外包装设计。她的女香，不似其他女明星设计的香氛都是一贯的甜和脂粉。斯特拉·麦卡特尼女香是少有的单纯，完全保持了灵感闪现时的纯净。以她的年轻，这算是难得的大气，因为这样早就懂得放弃。

斯特拉·麦卡特尼设计中体现的矛盾美和她独特的生活品位使得她在年轻人中具有相当大的感召力。2005 年开始，运动装的时尚化是斯特拉·麦卡特尼在运动品牌 Adidas 中做的一次革命，她推出专为女性设计的高端运动系列 Adidas by Stella McCartney，将具有现代意识的性感带入了运动装。保罗·麦卡特尼爵士应该相当欣慰，他的姓氏不仅与披头士不可分割，还将留芳于时装史。他的爱女，虽然已经为人妻母，却毫无争议地保留了自己的姓氏，并使它散发年轻的光彩。

　　如果选择一个品牌来穿着也是选择一种生活的格调，那么，选择斯特拉·麦卡特尼是否意味着健康、环保、年轻、才华、美满、顺利以及无声的高傲？就像斯特拉·麦卡特尼女香，以顶级的玫瑰精华将香氛定格在玫瑰怒放的一刻，因为，留香多久，取决于有多纯粹。纯粹，也决定了斯特拉·麦卡特尼能走多远。

她的红唇是天堂的入口
HER LIP IS THE ENTRANCE OF HEAVEN

她的双唇，曾启动无数少年郎生命中的第一次热血沸腾；
她的双唇，是几代男人梦想中飞向天堂的入口；她的双唇，
是飞蛾扑火前看见的最后一道闪光，是悬崖边让你纵身一跃
的魔咒……这就是莫妮卡·贝鲁奇的双唇，冷若冰霜的烈焰。

玛莲娜·黎诺

对于我们，她真正的名字是玛莲娜。这毋庸置疑的不朽
来自《西西里的美丽传说》，绝望的玛莲娜——黎诺中尉的
绝色寡妇。莫妮卡·贝鲁奇只演过这一部好电影。但这一点
也不会影响她的声誉和票房，人们仍然愿意在她其余的烂片
里目不转睛地寻找她，不论多么肤浅和莫名其妙的花瓶角色，
她都不会遭到责备，因为人们去看她只是想重温一下那个来
自西西里岛的玛莲娜，那种刻骨的震撼，已经永远不需要被

逾越，又怎能被超越。还有哪个角色能够让人如此深切地了解这句老生常谈——悲剧就是将美毁灭给你看。

还记得绝望的玛莲娜染红了剪短的头发，一袭黑衫坐在广场的咖啡椅上吗？这个动作她一定在心里痛苦地演练了千遍，才可以这样决绝。她拿出香烟，叼在唇间，低垂眼帘，她即刻被举着打火机的男人围住了，她抬了一下眼皮，略点下巴，燃起了红唇间的香烟。这是《西西里的美丽传说》中最让人欲哭无泪的一场戏，甚至胜过玛莲娜被群殴的惨烈，因为鲜红色的唇太美，使得那支香烟成为宣布毁灭的信号弹。

在这部片子里，有很多次玛莲娜抽烟的场景，其中包括少年罗那多幻想她让自己去买香烟："过来，帮我买包香烟。"每当香烟与玛莲娜一同出现时那场戏就特别地性感。香烟，对于美丽而又性感的女人好像总是无可非议地适宜，何况她是莫妮卡·贝鲁奇，香烟也使得人们难以忘怀她的烈焰红唇。

莫妮卡·贝鲁奇喜欢的发型是又长又直的深色长发，典型意大利风格。她还喜欢用深色的眼影和睫毛膏，从化妆上来说，是传统的，但她很现代的唇，将她的脸部混合得很独特也很经典，是非常具有识别性的广告脸。她为 Dior 代言口红烈艳蓝金，可以说是 Dior 彩妆这几年来做得最到位的一件事，没有谁的唇能够比莫妮卡·贝鲁奇更具诱惑力，既有撩人美艳的迷人又有三缄其口的神秘韵致。

国宝级性感

点击意大利的卡斯提罗小镇，唯一的内容就是莫妮卡·贝

鲁奇，但她已不仅属于这个小镇，作为扬名国际的意大利新生代演员，她以"促进了意大利新电影的蓬勃发展"的成就获得了由意大利外国记者协会授予的一项最新增设的"欧洲金球奖"。

而印裔导演杰各·曼德拉正计划开拍有关"圣雄"拉吉夫·甘地遗孀索尼亚·甘地的影片，讲述这平凡的意大利女孩成为印度政坛风云人物的传奇经历，扮演索尼亚的头号人选正是莫妮卡·贝鲁奇。索尼亚·甘地是个注重隐私神秘莫测的人，同时也是个有着非凡品质的普通人。也许这种混合了普通与神奇的气质也是莫妮卡·贝鲁奇具有的。印度人能把自己国家爱戴的角色交给莫妮卡·贝鲁奇，足见这些年来莫妮卡·贝鲁奇的性感形象也蕴蓄了难得的高贵。

很难说莫妮卡·贝鲁奇的什么不好，她是一个很有眼缘的明星，也许跟她的为人有很大关系。尽管她曾经告诉德国杂志《TV Spielfilm》，任何电影叫她露她就可以露，完全没尺度。但人跟人不同，性感的价值也就各不相同。她的为人正如 D&G 的两位设计师所言——莫妮卡·贝鲁奇性感却没有挑逗性，温柔而又坚韧，你明明看到狂放大胆的一面却能感受到她的乖顺和端庄，这就是莫妮卡·贝鲁奇的独到气质。

以莫妮卡·贝鲁奇的美艳和性感路线，本易招至轻视和绯闻，但她几乎没有负面新闻也没有菲薄之词。高傲排外的法国人在 2004 年的法国圣诞启动仪式上，选出这位法国人的媳妇（她的丈夫是法国影星文森特·卡塞尔）成为首位获得圣诞亮灯大使殊荣的外国人，并由她按下了控制法国香榭丽舍大街圣诞灯火的按钮；法兰西甚至把她选为自己国家的申奥代表。也许可以这样说，莫妮卡·贝鲁奇的性感是能使任何人感到荣幸的性感，她竟因此获得尊重，而她的成功似乎能弥补玛莲娜的绝望和不幸，总是能获得世界的喝彩。

永恒的传说

莫妮卡·贝鲁奇不是个精于穿衣之道的人，因为太美艳，设计过多的细节于她都显雕琢，她穿得素淡时反而比较凸显自己本质的美。黑色显然是莫妮卡·贝鲁奇最喜欢的颜色，但却不是最适合她的。有着 177 厘米身高的莫妮卡体形非常丰满，当了母亲之后体重微有增加，已不如在《西西里岛美丽的传说》中那样修长玲珑。当她穿着厚重繁复的黑色晚装时她会显得笨拙，不够灵动，加上她的气质中有很缄默的一面，所以黑色更容易加深重量感反而削弱了她的冷艳。尤其当黑色设计的结构太多，轮廓不够简洁时，对莫妮卡·贝鲁奇就是一场灾难。但是她并没有因此遭到恶评，也许，我们更喜欢看到这样有些遗憾的美人。

有时你会疑心莫妮卡·贝鲁奇就是玛莲娜，因为她的美如此真实，绝非好莱坞巨星用一年几十万保养下来的奇迹。她的观众跟着她一起都在缓缓老去，在她眼帘的阴影里，你看见了岁月留下的痕迹，一如在西西里岛上遭遇的残酷。可是她仍旧是年轻的网络日志和 BLOG 里最常出现的贴图，是可以使网络瘫痪的月历女郎。她是可以伴随你一生的性感偶像，温情而又遥远，即使老去，她的沧桑里也永远饱含着玛莲娜的魔力，成为我们生命里共同的传说。

烈艳蓝金

现在，我们可以看到莫妮卡·贝鲁奇为 Dior 代言的口红烈艳蓝金已经登陆。它在 2006 年 5 月的巴黎已经出现过。莫妮卡·贝鲁奇说："我的母亲和我的祖母都用过鲜红色的口红，它是如此女性。"她说："红色是意大利的颜色。它象征了爱和强烈的感情。"当她知道自己成为这款口红的代言人时，她很激动："我无法相信，这是一种荣誉和骄傲……因为我是一个用地中海色彩的意大利女人，我忽然意识到 Dior 正在做最后的抉择，挑选一个深色发肤的人……"最后，这个选择花落她家。

不过莫妮卡·贝鲁奇以往更偏爱用较多的肉色口红，它更能搭配自己每天的穿着，但她表示自己将会为特别的场合保留用烈艳蓝金的机会，她的确太折服于这个颜色了。因为"红色是固执的颜色，而我喜欢固执！我就是代表强烈感情和茂盛的红色相结合后的意大利女人的图像，我就是红色的……用这种口红就仿佛在说——看我！它完美得令人别无选择！用这样的口红是一个游戏，它给女人一个机会去选择放纵的方式。我爱它！"听听这经典的意大利女人的此番代言，果真不同凡响，难怪烈艳蓝金非她莫属。

拥有珍珠的一生
THE LIFE WITH PEARL

　　玛格丽特公主最美丽的倩影是她 19 岁时留下的生日纪念照。公主侧着身子，修长的双臂放在膝盖上，她优美的颈项上戴着一条五层珍珠项链，那是 1925 年装饰艺术时期的珍珠钻石项链，是比公主还"年长"的珍珠，而钻石在那条项链中所起的作用其实只是修饰珍珠的搭扣罢了，钻石的光芒丝毫也没能遮盖珍珠的温润。

　　当时的公主犹如一颗最为完美的珍珠，沉静地散发着无与伦比的光泽。当时的公主，是还没有遭遇挫折之前的公主，她满目生辉，眼神中没有一丝的阴影，充满热望地注视着前方，仿佛已经看到了生命里那美满迷人的结局。这时，她还不知道她要与正热恋着的爱人分手才是她真正的宿命。珍珠在 19 岁的玛格丽特公主身上显得那么圆满，圆满得不容人怀疑她竟不能与幸福相随一生。

　　在玛格丽特公主 19 岁时为公主留下倩影的摄影师西尔·比

顿在公主 26 岁时再次为她拍摄了生日照。这次，公主是正面对着镜头的，仍旧戴着那条五层的珍珠项链，她的双臂仍旧放在膝盖上，但已经明显地丰腴了，很颓丧地丰腴了。

她的脊背不再像 19 岁时那么挺直，那么昂然。虽然还是 19 岁时那么精致端丽的短卷发，但是已经没有了当年的神采。她茫然地直视着前方，也可以说是逼视着前方，没有哪怕一点儿的喜悦，她的眼神似乎在说："你们还想要我怎样？"

这时的玛格丽特公主对自己的生命充满了怨恨，而那串

镶嵌着白金、钻石的珍珠项链也更像是一个令人刺痛的反讽，因为它曾经见证过公主在拥有美貌和青春的同时也拥有过爱情。玛格丽特公主 25 岁时迫于王室压力宣布与自己深爱的人分手，也就是说她再次戴着那串珍珠项链拍生日照时被她称为"断肠之恋"的爱已结束了。

玛格丽特公主去世后，这串珍珠项链被拿到了拍卖席上。在拍卖前，承担拍卖的拍卖行声称："我们希望借此次拍卖，向玛格丽特公主的优雅品位和动人风采致以无限的敬意。"此言实在令人伤怀……公主的拍卖珠宝中最昂贵的就是玛丽王后送给她的珍珠项链。珍珠的优雅和温润仿佛使它注定了离开大海之后就该归属王宫，只是，无法保证能归属幸福。

很难想象英女王伊丽莎白二世身上没有珍珠的样子，她的每次出现，都必有珍珠的出席。珍珠不同于其他的首饰，它的奢华是可遇不可求的，它的完美也必须等待上天赐予，正如爱情一样。作为玛格丽特的姐姐，女王的容颜至今都没有走样，仍旧像一颗最好的珍珠那样有光泽。而妹妹，在中年之后美貌就已一落千丈，到她年老时，已经完全找不到曾经美丽的痕迹了。没有妹妹美丽的英女王的确有比妹妹要美满的一生，每每看到她戴着珍珠的尊贵模样，就会令人想起玛格丽特公主 19 岁生日时的美丽，还有那看不见的哀伤。同样都是国王的掌上明珠，命运却如此不同。真希望天下拥有珍珠的女子也能终生拥有珍珠的光泽和完满。

有种美丽叫意大利
A KIND OF BEAUTY CALLED ITALY

什么是意大利式的美丽？

这个问题已经不能由奥琳埃娜·法拉奇来回答，否则她一定可以使得这个问题拥有最精彩的答案。在她为数不多的留影里，以她告别青春之后的形象居多，也许这段岁月才使得她有闲暇活得更加细致。很显然，尽管她走遍世界各地，也在纽约居住多年，在她身上却仍焕发着地地道道的意大利式的美丽。华贵的丝缎，经典细密的格纹，醒目的大戒指以及同样大且装饰感极强的项链、耳环、帽子、眼镜、胸针、腕表……意大利女人钟爱的饰品，她皆运用得十分精道。包括那浓黑的眼睑、往鬓角上翘的眼线、猩红的丹蔻、冷艳的表情……无一不是意大利式的。

她跟苏珊·桑塔格一样到老都保持着犀利，2001 年还曾洋洋洒洒下笔就 8 万字。可贵的是，她越老，越精致，没有一点玛格丽特·杜拉斯老去后的太过自我的邋遢，尽管她们

都抽烟。法拉奇到老都涂着美丽鲜红的指甲油与口红。她的苍老没有丝毫的衰败之相，最后一刻都有着自己闪亮的锋芒。你不得不承认，正是这意大利式的美丽使得奥琳埃娜·法拉奇保持了一个战士从战场撤退之后的尊严，你甚至会为此感到惊艳和叹服。

意大利式的美是雕塑感的美。巨大的精致，非凡的正气。意大利式的精致并非小节上的雕琢，那是一种刻意放大之后的精准，没有百分百把握的手笔，是做不到那样气势如虹的，一条花边，一个蝴蝶结，意大利的设计师都会把它做到极致。只要你见过华伦天奴，你就知道几十年来，他都在做一尊雕塑，

不论世界如何变幻，他都在那里精雕细刻……世界早已变了，他却仍旧屹立不倒。他从不拿时装开玩笑，在他的作品里你甚至看不到一丝的调侃，他永远都那么郑重，使得他的设计带着神圣的意味。

意大利式的美丽只能产自意大利。我们熟悉的油画、建筑……那些令人永远叹服的天才，有着上苍恩赐般的不可思议，也为意大利今天的设计作了丰厚的铺垫，为意大利设计中无比精妙的简洁作足了历史性的思考。阿玛尼就拥有此种华丽的简洁，他可以用最干净的手法给予你最经典的优美。这干净的设计背后就是意大利人的雕塑境界。意大利式的美丽恐怕还不只是正气的精致和干净，即使是范思哲，也有妖娆艳丽中凛然的东西，这都是雕塑感所赋予的气质。

为什么索菲亚·罗兰的出场总有惊艳的效果？不是她的容颜独美，她的美，更多是美在气势。伊丽莎白·泰勒曾经美艳不可方物，然而却有令人不忍睹的今天。意大利式的美女给人的感觉绝不轻飘，从经历到曲线，都有被时光精心雕刻之后的震撼。她们性感，但不是美国式的澎湃；她们浪漫，但没有法式艺术家的神经质。不是每种美丽都有此分量，但真正意大利式的美丽，是不容轻视的美丽，如阳光下的沃土，沉静、浓郁、深厚，是有意志力和尊严感的美丽。这种美丽就叫意大利。

（京）新登字083号

图书在版编目（CIP）数据

亲爱的,你要更美好／黑玛亚著. — 北京：中国青年出版社，
2013.7（黑玛亚书系）
ISBN 978-7-5153-1725-0

Ⅰ.①亲… Ⅱ.①黑… Ⅲ.①随笔–作品集-中国– 当代 Ⅳ.①I267.1
中国版本图书馆CIP数据核字（2013）第134790号

责任编辑：李　凌
装帧设计：瞿中华

出版发行：中国青年出版社
社址：北京东四12条21号
邮政编码：100708
网址：www.cyp.com.cn
编辑部电话：（010）57350520
门市部电话：（010）57350370
印刷：北京顺诚彩色印刷有限公司
经销：新华书店

开本：700×1000
印张：14.5
字数：120千字
版次：2013年8月北京第1版
印次：2017年10月北京第2次印刷
定价：35.00元

本图书如有印装质量问题，请凭购书发票与质检部联系调换
联系电话：（010）57350337